笑顔のあなたにあいたくて

元・保育士の願い

木戸内福美

kidouchi yoshimi

石風社

笑顔のあなたにあいたくて　元・保育士の願い　もくじ

母ちゃんへ

我らが保育園

10代のこころ

家族という絆

絵本からのエール

母ちゃんへ

＊いつもありがとう！

原体験

子どもの生きる力を語る時、よく「原体験」という言葉を耳にします。振り返ってみると、私の原体験は小学校1年の時までさかのぼります。

私は内弁慶で、学校の先生にあいさつもできない子どもでした。ある日の国語の時間。「誰か本を読める人は」と先生に言われ、思わず手を挙げました。先生に指名され、教科書を持って立ち上がりました。

でも、いつものようには声が出ません。上がってしまって、一言も読めないのです。先生は「座りなさい」と言った後、他の子を指名しました。私は泣きたいのに泣くことができず、授業が終わるまで、ずっと机に顔を伏せていました。

学校が終わると、走って家に帰り、母の顔を見るなり、ありったけの声を張り上げて泣きました。玄関か台所だったと思います。母は黙って私を抱きしめ、泣きやむまで背中をさすり続けてくれました。

やっと気持ちが楽になり、「学校で本読みができなかった」と話しました。母はしかったり、とがめたりせず、「お母さんに読んで聞かせて」と言いました。

私は教科書を開き、読めるはずだったところを読み上げました。泣いた後なので、うまくは読めなかったはずです。でも母は私の頭を優しくなでながら、こう言いました。「上手に読めたね。今、学校で読めなくても、いつかきっと読めるようになるからね」

これは約60年も前のことです。でも、母の声とぬくもりが昨日のことのようによみがえります。

臨床教育学に取り組む都留文科大学の田中孝彦教授の著書『生き方を問う子どもたち』(岩波書店)にこんな文章があります。

「人間は、とりわけ幼い子どもは、情動の体験と、その表出表現を周囲の人々に受けとめられ、意味ある反応を返されることにより、そしてその繰り返しを通して、情動を人間的にコントロールし、高次の諸感情に発展させていく術を身体で覚えていくのである」

母はこうした本を読んだわけではありません。でも、私の泣き叫びたい悔しさに共感し、私を受け止めてくれました。目の前にいる我が子をいとしいと思う気持ちがさせた行為でした。

私は大人になって保育士になり、子どもたちに絵本を読んだり、自分の体験談や民話を本にまとめたりしてきました。どこかでこの原体験が影響しているのかもしれません。

＊

これから私が出会った子どもたちや保護者、保育士さんたちのことを紹介しながら、子育てについて考えていきたいと思います。

僕の話、聞いてよ

私がまだ保育園に勤めていた頃の話です。

いつもおしゃれなお母さんが、化粧もしないで久美ちゃんを保育園に送迎する日が続きました。誰とも顔を合わそうとしません。久美ちゃんも元気がなく、友達と遊ぼうとしません。

「どうしたの」と聞くと、久美ちゃんは「お母ちゃんとお兄ちゃんが今日も昨日も、その前もケンカしよんねん。お母ちゃん泣いとってん」と言います。

気になって、お母さんに声をかけました。

「私が何か言うと物を投げたり、暴れたりするんです」。小学6年の正夫君は、すぐに暴れるとのことです。お母さんは正夫君との関係がうまくいかずに悩んでいました。

その日の夜、お母さんが正夫君を連れて訪ねてきました。「正夫君も来てくれたのね。

うれしいな」と言って入ってもらいました。

正夫君が何にいらだっているのか話してもらおうと思い、こう声をかけました。「ねえ正夫君。お母さんに言いたいことあるのよね。今日は全部聞いてもらおうよ。おばちゃんは正夫君の味方だから。お母さんは黙って聞いてあげて」

うつむいていた正夫君が、しばらくして口を開きました。「お母ちゃんは僕の考えていることや気持ちを分からんと、いちいちうるさく言うんや。僕の話、ちゃんとしまいまで聞いてくれたことあるんか」

横を向いたまま、壁に向かって叫ぶように声を上げました。大粒の涙をぬぐおうともせず、そのままうつむきました。

お母さんがやっとの思いで答えました。「正夫、ごめんよ。これからちゃんと聞くからね」お母さんに代わり、私が正夫君に話しました。「お母さんは忙しくて大変なの。でもいつも頭の中は正夫君と久美ちゃんのことでいっぱいよ。わかってあげて」「正夫君なら大丈夫よね。お母さんに当たったりしないでね」

2日後、保育園でお母さんがうれしそうに話してくれました。正夫君は我が家から帰る際、車の中で「スポーツ選手になりたい」と将来の夢を息もつかずに話したそうです。

「あの子、私が考えていた以上に成長していたんですね。それなのに私の考えを押しつけていたみたい。次の日、みんなの洗濯物をたたんでくれたんですよ」

＊

子どもは周りの大人に思いを受け止めてもらったり、認めてもらったりして無条件に愛されることで、自分の情動をコントロールできるようになる、と言われます。自分の考えや気持ちを最後まで言わせてもらえない子どもは落ち着きがなく、親や先生の言うことをあまり聞きません。時々でいいから、子どもの話を最後まで聞いてあげることが大切だと思います。

だいじょうぶ

初夏のある日。島外の小学校で講演した後、「相談事のある人は来て下さい」と言って控室で休憩していました。そこに疲れ切った感じのお母さんが来ました。「どこへ行っても私が悪いと言われます。実家の母までが……」

お母さんには小学2年の学君、保育園に通う5歳の妹がいます。学君は両親の言うことを聞かず、口ごたえがひどいそうです。あげくに妹をたたき、学校では情緒不安定の問題児になっているとのこと。

話を聞くうち、学君は両親からたたかれたり、けられたりしていることが分かりました。虐待されているのです。

「お前なんか出て行けって怒鳴ることもしょっちゅうです。なんでこんな子に育ったのか」

「夫や親類まで私の教育が悪いって言います。どうしたらいいんでしょうか」

カッとなって子どもを虐待する親に責任があるのは言うまでもありません。でも私は「あなたが悪い」とは言わず、こう話しました。「お母さん、辛かったね。しんどかったでしょう。でも、学君はもっと辛かったと思うよ」

聞いていたお母さんの目から、大粒の涙があふれてきました。

「大丈夫よ。お母さんが変われば、きっと学君は許してくれるはず。学君はお母さんのこと大好きなんだから」

別れ際、自宅の電話番号を書いたメモを渡し、こんな約束をしました。「学君に絵本を読んであげて。できれば、おひざにだっこして」

次の日の朝、早速、電話をもらいました。「夫が学に絵本を読んでくれました」。ご主人は夜遅く仕事から帰宅した後、私との約束を聞き、学君をひざに乗せて絵本を読んだとのことです。

「良かったね。ご主人にありがとうって言おうね」「照れるからメールで伝えます」

約1ヵ月後、学君と両親が訪ねてきました。3人の笑顔を見て「学君、変わったね」と私が言うと、「いや、妻が一番変わりました」とご主人。お母さんは「あの時の『大丈夫よ』の言葉に救われました」と話してくれました。

「大丈夫」の言葉には「あきらめないで。失敗したってやり直しができるのよ」という希望が詰まっています。だから、このお母さんには絵本『ぷくちゃんのすてきなぱんつ』（ひろかわさえこ作、アリス館）を薦めました。

＊

おしめがはずれるころの話です。おしっこが間に合わず何度もパンツをぬらすぷくちゃんに、お母さんは「だいじょうぶ」と言って新しいパンツを出します。でも、代わりのパンツがもうありません。「だいじょうぶ！　すてきなぱんつ　かわいたよ」

子どもは失敗を重ねて成長します。お母さんだって、失敗を重ねながら母親になるのではないでしょうか。

憎みたくなかったから

月岡さんは32歳。４歳の娘さんを持つお母さんです。ある日、子育ての相談に来られました。

「私、母のこと好きになれないんです」。月岡さんは話し始めました。「母はいつも誰かと私を比較してしかることが多く、成績が悪いと、たたかれました」

「蔵に閉じ込められたこともあります。その時、叔母さんがそっと入ってきてミカンを１個渡してくれたんです。『おばさんは、あなたをここから出してあげられないのよ』と言って、しばらく私の横に座っていてくれました。あの時のことを思い出すと、心があったかくなるんです」

叔母さんは月岡さんが中学生の時、お嫁に行ったそうです。月岡さんは自分が大人になったら、叔母さんのような母親になりたいと思ってきたとのことです。

「それなのに今、我が子に対し、自分の母と同じようなしかり方をしています。そんな自分がいやでいやで。そして母を恨んでしまい、ますます自分を追い込んでしまって……」

私は「あなたは悪くないのよ。自分を責めないで」と言って、思わず月岡さんの肩を抱きしめました。

「きっと、あなたはお母さんのこと、憎みたくないのよ。だってここまで育ててもらったんだものね。お母さんだって、その時は働きながら精いっぱいあなたのことを思って子育てしたのよ。いい思い出もあるでしょう」

「子育ては親から子へ、子から孫へ継承され、これからもずっと続いていく」という話もしました。「でも、自分がいやだと思うことはあなたの代で切るのよ。良かったことだけ我が子に伝えるの。大変だけど、あなたならだいじょうぶ。応援するわ。だめになりそうな時は電話してきて」

月岡さんは「努力してみます」と言って帰りました。

その後、約1年間、娘さんの成長ぶりを報告したり、子育ての悩みを打ち明けたりする電話をもらいました。

＊

いつのまにか電話が遠のき、私も忘れかけていた頃でした。桜の花が咲く季節。娘さんが中学に入学したといって、2人で訪ねてきました。さわやかな2人の笑顔に、私の心もほっこりしました。

「まだ、これからも大変だと思いますが、ひとまず乗り越えました。母とのわだかまりもなくなり、私の時も苦労したんだろうなと、同じ親としての目線で見られるようになりました」

親の子育てを否定しながらも、いつのまにか同じ子育てをしてしまうものです。良いことも悪いことも含めて、親の子育てをしている自分に気づきます。そんな時は良いことは継承し、悪いことは自分の代でなくすんだという意識を持ってみたらどうでしょうか。

母が読んでくれた絵本

「私の原体験を聞いて下さい」。この連載を読まれた保健師のAさんから電話を頂きました。Aさんは2歳の子どもを保育園に預け、ご主人と共働きしています。

「私の両親も共働きでしたが、母は寝る前、必ず絵本を読んでくれました。母が用事で読めない時は、父が代わりに読みます。母は仕事で疲れて眠い時も『私がせがむので頑張って読んだんだよ』って言っています」

「食事を作る時、お皿を並べたり小麦粉をこねたり、簡単な手伝いをさせてくれました。母は料理をしながら、私の話を笑顔で、うなずきながら聞いてくれました」

「母と一緒にいられるのは絵本の時間と食事の時間だけ。学校から帰って母がいなくても、寂しいと思わなかったのは『母と一緒の時間が充実していたから』と今なら理解できるのです」

「保育園へのお迎えには祖父が来ました。母がたまにお迎えしてくれる時は、心が弾むほどうれしかった。毎日が母のお迎えだったら、あんな喜びはなかったはずです」

「母が読んでくれた絵本で、一番印象に残っているのは『あっちゃんとトランポリン』（西巻茅子作、童心社）。みんなお迎えがきて帰ってしまい、保育園で一人になってしまったあっちゃんが、カバンやはし箱、弁当箱と一緒にトランポリンをする話です」

「母はあっちゃんのところを私の名前に替えて読んでくれました。『母はお迎えを待つ我が子を思って、こんな絵本を選んだのかな』と今、思うのです」

＊

子育ては子どもと一緒にいる時間の長さでは決まりません。短い時間だからこそ、密度の濃い愛情が注がれることもあるのです。Aさんは続けます。

「母が読んでくれた絵本を我が子に読んでやります。母は現在57歳。仕事を続けています。私も子育てしながら、保健師の仕事を続ける自信があります。この素晴らしい原体験がある限り」

＊

「母と子のあいだに『絆《きずな》』が結ばれるということは、子どもを常に母親が自分のそばにいないと安心できないといった状態に置くことではない。今ここに母親がいなくても、母親のことを思い浮かべて安心したり元気を出したりできる。そのような心の働きが子どもの中にできることなのである。そのような心の働きが育つためには、密着しているだけでなく、適切な仕方で離れる経験を持つことが大切である」
『保育の思想』（田中孝彦著、ひとなる書房）からの引用です。

Aさんのお母さんの子育ては、確実に継承されました。親子の絆は、毎日の暮らしの小さな積み重ねの中から育っていくものです。母の愛は時間の長さではなく、量より質なのですね。

母の背中

先日、健康食品を販売している春山さんという男性がセールスに来ました。もう50歳は超えているでしょうか。商品の知識が豊富なので、「随分と勉強されているんですね」と声をかけると、「わしは中学校しか出ていないので、人一倍努力せんとと思ってるんです」と言います。

春山さんは「連載『いつかきっと』（新聞連載時のタイトル）を読むと、親のことを思い出すんですよ」と言って、ご両親の話を始めました。

＊

母ちゃんへ

わしの父は子どもの頃のけががもとで足が不自由やった。それでも町工場で働いて、わしら4人の子どもを育ててくれたんや。母も農家の手伝いや内職をしたけど、家は貧乏やったね。

わしは野球が好きで高校に行きたかったけど、進学しないで町工場で働いた。わしと同じように野球が好きやった弟を高校に行かせてやりたいと思ってね。弟は野球がうまかったので、私立の有名校から声がかかり、学費免除で入学できた。弟が高校野球で活躍するたびに、わしは自分のことのようにうれしく誇らしく思ったもんや。

父は厳しい人やった。父の口癖は「人の悪口は言うな。うそはつくな。決して自分の得にはならないぞ」だった。

厳しい父とは逆に、母は綿あめのような人やった。ふんわかとした優しさで、わしらを包んでくれた。ほがらかでおしゃべりで世話焼きで、困っている人を見ると放っておけなかった。母がいることで、家の中にはいつも笑いがあったな。

わしが今でも忘れられないのは、6歳の頃、母の自転車の後ろに乗せてもらって洲本まで行ったことや。どんな用事だったかは覚えておらんけど、1時間以上かかったと思う。その間、荷台にまたがり、ずっと母にしがみついてた。その時の母のぬくもりを今でもはっきり覚えておる。

舗装されていない山道を走る時、お尻が痛くなるんや。母は何度も「また、お尻がトントンなるよ。しっかりつかまって」と声をかけてくれた。

木陰を走る時は、風が吹き抜けて気持ちがいいんやけど、母の背中は汗びっしょりやった。そのうち、母は何の歌か知らないけど、歌をうたい始めた。子供心に母も楽しいんだなと思ったもんや。

この年になるまで苦しいこともあったけど、あの時のことを思い出すと、元気が出るんや。

＊

子どもたちは親の背中、親の生きる姿を見て育ちます。

でも、親の考えを押し付けたり、将来のことを自分で考えさせなかったりすると、子どもたちは心のゆとりを失い、子どもたちに親の背中を見る余裕は生まれないでしょう。

春山さんの話を聞いていると、大人がどう生きるべきかを、子どもたちから突きつけられている気がしてなりません。

いい子を演じて

「子どもが拒食症になって悩んでいるお母さんを助けてあげて」。数年前、知人から突然、電話がかかってきました。

教えられた病院に駆けつけると、無表情のお母さんと、やせ細った小学4年のまりちゃんがロビーに立っていました。まりちゃんはこれから入院するとのことです。

「大丈夫よ」。私は思わず声をかけました。でも、お母さんは仮面のように顔をこわばらせたままです。

「まりちゃんは家でも学校でもいい子だったんでしょうね。今、お母さんにべったりで、赤ちゃんのように甘えていませんか」。お母さんはうなずきました。

「まりちゃんはわがまま言ったり、お母さんに甘えたりしたかったのに、これまでずっといい子を演じてきたんでしょうね。無理していたと思うわ」

私は続けて言いました。「お母さんも頑張ってきたのよね」。お母さんの表情が少し和らいだようです。

「子育てのことで、ご自分を責めないで。まりちゃんと一緒に心や体をひと休みさせましょうよ。ご主人や下のお子さんにも助けてもらいましょうね」

お母さんはふうっと息をつき、自分に言い聞かせるように言いました。「やり直しがきくんですね」

私が「そうよ。家族みんなが力を合わせれば、必ず乗り越えられるわ」と言うと、お母さんの目からは涙があふれてきました。

＊

まりちゃんはいい子になろうと自分の感情を抑えつけてきた結果、自分をコントロールできなくなったのでしょう。お母さんも身近な人たちから「お前の教育が悪い」と責められ、一人で悩んでいたようです。

この後、お母さんとまりちゃんに1冊の絵本をプレゼントしました。その絵本は『いいこって　どんなこ?』（ジーン・モデシット文、ロビン・スポワート絵、もきかずこ訳、冨山房刊）です。

＊

「いい子って、どんな子？」。うさぎのバニー坊やがたずねました。「泣かない子がいい子なの？　いい子って強い子のこと？　ぼくがばかなことばっかりしていると、お母さん、いやになっちゃうよね」

お母さんが答えます。

「どんなにおばかさんでもバニーはお母さんの宝物。バニーはバニーらしくしていてくれるのが一番よ。だって、お母さんはいまのバニーが大好きなんですもの」（絵本より抜粋。一部表記を変えました）

＊

2週間の入院中、まりちゃんは毎日、お母さんに絵本の読み聞かせをせがんだそうです。学校でも家でもいい子にしている子は心配です。どこで息抜きするのでしょうか。子どもは泣いたり甘えたり、わがままを言ったり、いたずらをしたりして、大人に受け入れてもらうことで、心のバランスを取りながら育っていくのではないでしょうか。

僕がいないとだめなんだ

学芸会や発表会のシーズンになると、私が小学4年生の時に演じた劇のことを思い出します。

私のクラスでは「浦島太郎」の劇を発表することになりました。私は恥ずかしがり屋だったので、先生が付けてくれた役は、セリフのない波の役でした。

タイやヒラメになった子は、きれいな着物を着せてもらい、乙姫様は金の冠とベールまで着けていました。みんながうらやましかったし、母が劇を見て悲しまないか心配しました。

でも、発表会の前夜、母は私の服の袖に白と青色の紙テープを縫いつけながら、「なんでも一生懸命、頑張ればええんやで」とやさしく言ってくれました。

当日、母は早くから学校の体育館に来て、真ん中の一番よく見える場所に座っていました。

波になった私は、浦島太郎がカメに乗って竜宮城へ行く場面で、精いっぱい紙テープを

母ちゃんへ

揺らして踊りました。

家に帰ると、母は笑顔で迎えてくれました。「お前の波、上手やったよ。一生懸命、波になっていたもん」とほめてくれて、「お前の波の役がなかったら、浦島太郎さん、竜宮城へ行かれへんもんな」と言ってくれました。

母が言った言葉は、その時、すぐに理解できませんでした。でも、母が喜んでくれたことが、うれしかった。そして、波の役は大事な役だったんだと納得できたのです。

その後、保育士の仕事を選んだ時も、保育士としての役割を考えた時も、そして子どもを保育する時も、母のあの言葉が私の指針となりました。「だめな子は一人もいない。一人ひとりが大切な存在であり、大事な役割を持っている」という私の思いは今も変わりません。

＊

保育士をやめた後、少年野球の監督さんに頼まれて、試合後に公民館で、子どもたちや保護者に話をしたことがあります。

その時、この浦島太郎の劇のことを話しました。「レギュラーになれなくてもいいんだよ。チームにとっては、ベンチにいることだって大事な役なんだから」

帰り際、子どもたちがいっぱい声をかけてくれました。ある父親は追っかけてきて、「頭を殴られたような気がしました」と言ってくれました。

＊

テストの点数や、物事を上手にできるかできないかだけで、子どもの価値が決まるわけではありません。発表会やスポーツ大会で、お互いを認め合い、みんなと力を合わせた経験こそ、人として生きていくための力になります。

授業時間の関係で、行事が減っている学校もあると聞きます。でも、子どもには「僕が、私が、いないとだめなんだ」と思える経験をたくさんさせてやってほしいと思います。

我まんしてたんや

新学期が始まって約1ヵ月。張りつめていた気持ちが少し和らぐ半面、頑張りすぎて疲れが出ている子どもたちもいることでしょう。

この時期になると、いつも5月生まれのさっちゃんのことを思い出します。

＊

さっちゃんは2歳児クラスの時から保育園に通っている元気な女の子でした。人なつこくて、誰とでも仲良しになります。クラスの子どもたちともよく遊び、おやつの時間が来ても遊びに夢中でした。

そのさっちゃんが3歳児クラスになってから、私のそばを離れなくなったのです。オルガンを弾いていても、潜り込んできてひざの上に座ろうとしたり、外に連れ出しても、私の手をずっと握ったままだったりします。

熱があるわけでもなく、保育園に通いだして2年目なので、五月病でもないようでした。それで、さっちゃんの家の状況を考えてみました。お兄ちゃんは小学校に入学したばかり。妹は1月に生まれたばかりでした。

「お母さんは、きっとお兄ちゃんと赤ちゃんにかかりっきりなんだ」「さっちゃんのことは忘れているわけではないけど、手間がかからなくなったので、もう大丈夫だと安心しているのかな」。私はこんな風に想像しました。

＊

お迎えの時、私はお母さんにさっちゃんのことを話しました。お母さんもハッと気づかれたようでした。

私はお母さんにこう言いました。

「赤ちゃんが寝ている時、さっちゃんをひざに抱っこして、1冊でもいいから絵本を読んであげて」

「寝る前にギュッと抱きしめて『お母さんは、さっちゃんのこと大好き』って言ってあげてね」

「それだけで、きっとさっちゃんは大丈夫。1日10分でいいのよ。さっちゃんだけの時間を作ってあげて」

お母さんは「幸子、我慢してたんや」と、ひと言だけいって涙ぐまれました。

＊

その後、お母さんは私との約束を果たしてくれたようです。さっちゃんの変わりようを見て、すぐ分かりました。さっちゃんは以前より元気になって、友達とまた一緒に遊べるようになりました。

さっちゃんは5月のお誕生会の時、みんなの前で「中田幸子です。4歳になりました」と、大きな声で言えました。

＊

子どもにとっては、お母さんとのスキンシップや、家族に愛されているという実感が、何よりのエネルギーになるようです。

新しい環境の中で、疲れが出てきた子どもたちは、家族や周りの大人たちから叱咤激励を受けることより、温かく包み込んでもらうことで、この時期を乗り越えていくような気がします。

自分が変わること

3年前の今頃でした。徳島の知人が、子育てに悩んでいる田中さんという女性を連れてきました。

田中さんの4歳になる子どもが半年前から排便がうまくできなくなり、すぐにむずかるようになったとのことです。児童相談の窓口を7ヵ所も回ったのに、良くならないといいます。

「このお母さんは心が疲れ切っている」。私は田中さんを見て、すぐにそう感じました。そしてこう語りかけました。「大丈夫。何とかなるものよ。今しんどいでしょ。何でも聞くから話を聞かせて」

＊

田中さんはかばんの中からアルバムを取り出しました。見せてくれたのは子どもの写真ではなく、姑や夫の姉弟の写真でした。「この人たちが私にいろいろ言うんですよ」「主人に言っても何も取り合ってくれないんです」

しばらく愚痴が続きました。「田舎になんか来るんじゃなかった。もういやでいやで、何度も神戸に帰ろうと思いました」「料理をしながら訳もなく腹が立って、包丁をまな板に突き立てたこともあるんです」

＊

私は説教したくなる気持ちを我慢しました。話したいだけ話させようと思い、「そうなの」「そうだったの」と相づちだけ打って聞いていました。

話の中に、子育ての悩みは一つも出てきませんでした。それで私は田中さんが変われば、子どもも良くなると思いました。

田中さんは最後に「話を聞いてもらって、少し心が楽になりました。また来ていいですか？」と言いました。私は「今度来る時はご主人とおかあさんのいいところを探してきてね」と言って分かれました。

＊

その後、私は図書館で司書をしている知人にお願いして、田中さんを読み聞かせサークルに誘ってもらうことにしました。

しばらくして届いた手紙には、話を聞いてもらって楽になったこと、家族を見る目が変化したこと、サークルで気の合う友達ができたことなどが便箋４枚にびっしり書いてありました。

私が電話をかけると、田中さんは明るい声で話してくれました。「先生が言われたように、おかあさんに気持ちをこめてお茶を入れてあげたら『ありがとう』って言ってくれたんですよ」「大事なのは相手を変えようとすることでなく、自分が変わることよね」

こうして少しずつ田中さんに変化が見えました。それから約半年後の手紙には、山や畑のある風景が心を癒やしてくれていること、子どもが元気に保育所に通うようになったことが書いてありました。

＊

心にたまった不満や悩み、苦しみは、どこかではき出さないと、雪だるまのようにだんだん大きくなり、その人を押しつぶしてしまいます。大人も子どもも無条件で愚痴を聞いてもらうことで、心にゆとりが生まれ、方向転換ができるのではないでしょうか。

これ以上やったらダメ

私が参加している絵本の研究会での事です。

毎月1回ある研究会の例会では、子ども同伴で参加するお母さんもいます。例会と同じ場所で一時保育をするので、子どもたちは安心して遊んでいます。絵本を読む時になると、子どもたちも集まってきます。

＊

5月の例会には4人の子どもが参加しました。3歳の健ちゃん、5歳の真ちゃんと卓也ちゃん、6歳の和ちゃんです。

例会は絵本の読み聞かせから始まります。それが終わると、子どもたちは親から離れて、簡単なおもちゃで遊びます。

しばらくして真ちゃんと健ちゃんが、おもちゃのブロックの奪い合いを始めました。真ちゃんは2歳下の健ちゃんが手にしたブロックが欲しいようです。

健ちゃんはブロックを両手で抱えて、お母さんのところに逃げてきました。真ちゃんは追っかけてきて、無理やり奪おうとします。体の小さい健ちゃんは真剣な表情で真ちゃんをにらみつけています。

私は真ちゃんと健ちゃんのお母さんを見ました。2人ともゆったりと構え、笑顔でその様子を見ていました。

＊

そのうち健ちゃんは真ちゃんから逃げるため、部屋の中を走り始めました。真ちゃんに追っかけられて、ぐるぐると逃げ回ります。

走り回っているうち、泣きそうだった健ちゃんの顔が笑顔に変わりました。後ろを見ながら、うれしそうに走っているのです。真ちゃんも笑顔で追っかけています。和ちゃんも一緒になって走りだしました。風邪が治ったばかりの卓也ちゃんは、3人の走る姿を楽しそうに目で追いかけています。

数分後、走り疲れた健ちゃんが、ブロックを放り出して床の上にひっくり返りました。すると、後ろの2人も同じようにひっくり返り、みんな大きな声で笑いだしました。

＊

結局、ブロックの奪い合いはケンカにまでならず、追っかけっこで終わりました。健ちゃんの嫌がっている表情を見た真ちゃんが「これ以上やったらダメなんだ」と自分で判断して手加減したからです。健ちゃんも真ちゃんが本気で追っかけていないのが分かったのです。

２人のお母さんの対応も適切でした。ブロックの奪い合いをすぐに制止せず、子どもたちの間で解決するよう、無言の笑顔で促したからです。

＊

例会では月によって年齢の違う子どもたちが参加するので、遊びの様子も異なります。年齢の違う様々な集団の中で遊ぶことで、子どもたちは人との距離感や対応の仕方を学ぶのです。ケンカになったとしても、それも人として育つための大切な経験です。大人の介入が必要な時はいつなのか考えながら、子どもたちを見守りたいものです。

小さいお母さん

先日、友人から久しぶりに手紙が届きました。そこには「わが家の小さいお母さんも中学生です」と書いてありました。

3年前、友人のご主人が転勤で遠方に単身赴任しました。仕事にやりがいを感じている友人は、中学生の息子さん2人と小学4年生の舞ちゃんに不自由をかけたくないと思い、朝と夜の食事を用意して働きに出ていました。残業があるため、帰宅が深夜になる日もあるとのことでした。

それで友人は仕事を辞めるべきかどうか悩み、私に相談にのってほしいと言ってきました。

母ちゃんへ

*

数日後、私が友人の家を訪ねると、舞ちゃんが一人で留守番をしていました。「これはちょうどいい」と思って舞ちゃんの気持ちを聞くと、舞ちゃんはこう答えました。

「働いているお母さんはかっこいいと思う」「私は大丈夫。友達がいっぱい遊びに来てくれるし、お兄ちゃんもいるから寂しくない。なのに、お母さんはいつも『ごめんな、ごめんな』って謝ってばっかりやねん」

舞ちゃんの言葉を聞いて安心した私は、こんな話をしました。「舞ちゃん、お母さんのこと助けたってな。お母さんが遅い日は舞ちゃんが小さいお母さんになったってよ」

「えっ、私がお母さんするの？」

「そうよ。食べたものを片づけるだけでも、お母さん助かると思うよ。洗濯物を取り込んであげるだけでもいいのよ」

「お母さん喜ぶかな」

舞ちゃんは何だかうれしそうでした。

＊

帰宅した友人に舞ちゃんと話した内容を伝えました。友人は「私は子どもたちに不自由をかけているという罪悪感でいっぱいだったの。でも、舞も家族なのよね。助けてって言えばいいのね」と言って、うなずいていました。

その後、舞ちゃんは小さいお母さんが気に入ったようでした。「お兄ちゃんは洗濯物たたんで」などと、いろいろ指示するようになったそうです。あれ以来、友人は子どもたちに「ごめんね」ではなく、「ありがとう」「助かるわ」と言うようになったといいます。

3年後、ご主人は単身赴任を終えて帰ってきました。手紙には2人の兄は高校生になり、舞ちゃんは中学でバレーボール部に入り、勉強にもスポーツにも頑張っていると書かれてありました。簡単な料理も作れるようになり、今も時々、小さいお母さんをしているそうです。

＊

舞ちゃんはお母さんから「ありがとう」と言ってもらったことで、自分の存在が家族に認められているとの実感を得たようですね。集団の中で自分が頼りにされると、そこに自分の居場所ができ、いろんな問題に協力して立ち向かおうという意識も育ってくるのだと思います。

公園デビュー

大阪に住む知人の山川さんが、こんな話をしてくれました。3年前、山川さんの家の近所に嫁いだ娘さんに、ゆま君という男の子が生まれました。それからというもの、娘さんは子育てのことで何かと山川さんを頼ってくるようになったそうです。

＊

ゆま君が1歳になり、少しずつ歩けるようになった頃のことです。娘さんは何度かゆま君を公園へ連れて行ったのですが、その後は公園に行きたがらない様子でした。山川さんが理由を聞くと「お母さんたちのグループに入っていけない」と言うのです。

それで山川さんは「子育てって長いんやで。引っ込んどったらアカン。ゆまに友達を作ったらな。勇気を出そうよ」と娘さんを諭しました。

翌日、山川さんは娘さんとゆま君の3人で公園に行きました。娘さんが言った通り、お母さんたちと子どもたちは固まって、しゃべったり遊んだりしていました。

山川さんは「ここは年を重ねて厚かましさも備えたおばあちゃんの出番や」と思い、ゆま君を連れて近寄っていきました。お母さんたちに「こんにちは」と声をかけ、子どもたちに「この子、ゆま君って言うの。仲良くしてくれる？　ゆま君って名前、難しいかな」と話しかけました。

子どもたちは「ゆま君、ぼく言えるよ」と口々に答えてくれました。山川さんは「ありがとう、名前を覚えてくれたのね」とお礼を言った後、ゆま君に「ゆま君も返事しないと」と言いました。ゆま君はうれしそうに「あーい」と言って、子どもたちの中に入っていきました。

＊

山川さんたちは次の日も公園に行きました。すると、3歳ぐらいの男の子が「ゆま君、遊ぼ」と言って近寄ってきてくれました。2歳ぐらいの女の子も寄ってきて、ゆま君の両手を引いて砂場まで連れて行ってくれたのです。他の子どもたちもスコップやお皿を持ってきてくれました。

そして、男の子は娘さんにも「ゆま君のお母さんも遊ぼ」と言ってくれたのです。子どもたちに誘われた娘さんは、そうやって自然な形でお母さんたちの輪の中に入っていきました。

＊

それ以来、娘さんは母親としての自覚が少しずつ出てきたそうです。「一人でいるお母さんを減らしたい」との思いから、子育てサークルまで作ったといいます。

山川さんも「公園デビュー」ができないお母さんを見かけると、声をかけているそうです。「ちょっと背中を押してあげるおせっかいおばさんが必要なんですよ」と言います。

子どもの成長とともに、お母さんたちの子育ての悩みは増えていくものです。一人でいるより、同じ悩みを抱える母親同士が語り合うことは、とても大事なことだと思います。

お母さん、こっち向いて

保育園のお迎えの時間です。４歳児クラスのひろき君のお母さんは、いつもおしゃれな服を着て迎えにきます。

お母さんは部屋の前まで来ると、先生や友達に帰りのあいさつをします。でも、ひろき君は部屋を走り回って、なかなか「さよなら」を言おうとしません。お母さんが「ひろき、早よ、あいさつして。帰るよ」と言っても聞きません。「もう放って帰るよ」ときつい口調になると、ようやく「さよなら」を言って外に出ます。

それから、ひろき君は屋外の手洗い場へ行きます。水道の水を出しながら蛇口を手で押さえ、周りに水を飛ばして遊ぶのです。

お母さんはひろき君を注意することもなく、いつものように他のお母さんたちとおしゃべりに夢中になっています。

ひろき君はお母さんが来ると、いつも目立ったことをします。私はひろき君がお母さんに「こっち向いて」と心の中で訴えているように見えました。

ある日の夕方、私は「お母さん、ひろき君と手をつないであげて」と声をかけました。でも、お母さんは注意されたと思ったのでしょう。ひろき君のそばに来ると、「ひろきがぐずぐずするからよ」と言って頭を小突き、腕を引っ張って帰っていきました。

その夜、私はひろき君の気持ちをどうやって伝えたらいいのか考えあぐねて眠れませんでした。

＊

翌朝、私はひろき君を送ってきたお母さんに「おはようございます。いつもすてきなお洋服ですね」と声をかけました。お母さんは笑顔であいさつを返してくれました。

その日、迎えにきたお母さんに私は「お母さん。ひろき君ね、かけっこの時、転んだのに泣かないで、最後まで走れたのよ」と話しました。そしてひろき君を手招きして呼び寄せ、「がんばったんよね」と片ひざをついて言い、「お母さんも、ほら」と促しました。

すると、お母さんは腰を低くして「ひろき、がんばったね」とほめてあげたのです。ひろき君は、そのままお母さんに抱きついていきました。

その日、ひろき君はきちんと「さよなら」を言って、お母さんと手をつないで帰っていきました。

＊

子どもは自分の気持ちをうまく表現できません。自分の方を向いてほしいのに、それに気づいてもらえないとき、いたずらやいけないことをしてでも信号を送り続けます。その信号に気づいてやらないと、子どもの行動はますますエスカレートします。

幼児期に満たされた子は親からの自立も早く、青年期もしっかりと乗り越えていきます。幼い子のけなげなまでの信号に気づいてあげてほしいと願うばかりです。

一生懸命なんよな

絵本作家のいちかわけいこさんから新刊『しーっしずかに』（いちかわけいこ作、つるたようこ画、佼成出版社）が送られてきました。

いちかわさんは保育園に勤めた経験があり、2児のお母さんでもあります。子どもの気持ちをよく理解している作品が多く、若いお母さんや子どもたちに人気の作家です。

新刊の絵本は小さな女の子が主人公です。風邪で寝込んだママを気遣い、おもちゃで遊ぶのを我慢していると、雨が降ってきます。ママに代わって洗濯物を取り込もうとするのですが、物干しざおに手が届きません。雷が鳴り、びっくりして転んでしまいます。ようやく洗濯物を取り込んだところ、元気になったママが現れ……。

＊

読み終わった後、知人の中田さんのことを思いました。中田さんは5歳の女の子と1歳の男の子のお母さんです。

「私、お母さん失格やねん」。このまえ会った時、中田さんは話していました。「子どもたちが私の言うことをちっとも聞いてくれへんから、イライラして、めちゃくちゃ怒ってしまうねん」「お姉ちゃんが私のことすごくにらむんで、ほっぺたをたたいてしまったんよ。これって虐待でしょうね」

夜になって気持ちが落ち着くと、中田さんは子どもたちに絵本を読んでやるそうです。「寝る前に、ごめんねのつもりで、絵本を読んでやるんよ。子どもたちがいい顔して眠っているのを見ると、ほっとするんです」

＊

私は絵本を持って中田さんの家を訪ねました。「新刊が届いたの。読ませてくれる？」

中田さんは弟をひざの上に座らせ、お姉ちゃんを片手で抱えるようにしてスタンバイです。

女の子が転んでしまう場面では、３人とも絵本を食い入るように見つめます。お姉ちゃんはお母さんの体に自分の頭をくっつけて見ています。

最後のページで、ママはがんばった女の子を抱きしめ、「ありがとう」と言います。すると、中田さんもお姉ちゃんを引き寄せ、弟と一緒に抱きしめました。

２人はお母さんの笑顔を見上げた後、手をつないでおもちゃのある隣の部屋に走っていきました。

中田さんは私に話しました。「私の子どもの頃を思い出したわ。そうやってんな。子どもってやさしいんよ。一生懸命なんよな。それでも失敗はいっぱいする。それが子どもなんよ。忘れとった」

そして明るい声で言いました。「子どもに『ありがとう』って言えるお母さんになるわ」

我らが保育園

＊トラブルは成長のチャンス！

転んでよかったね

5歳児の健ちゃんは、みんなと遊んでいる時、自分の思う通りにならないと怒ったり、泣いたりします。自分がほしいと思うと、2歳の男児が遊んでいるおもちゃまで取り上げます。

保育園の小運動会で駆けっこをした時のことです。2番目を走る健ちゃんは、先頭を走る千絵ちゃんを追い越そうとするのですが、なかなか追い越せません。とうとう前を走る千絵ちゃんの背中を押そうとして、手を伸ばしたのです。

ところが千絵ちゃんの足が速かったため、健ちゃんは前のめりになって転びました。周囲の「がんばれー」との声援にもかかわらず、健ちゃんは転んだまま大声で泣き出してしまいました。

私が駆け寄って健ちゃんを抱き起こすと、両ひざから血が出ています。その血を見た健ちゃんは、ますます大きな声で泣きました。

　私は健ちゃんの足を洗って薬を塗り、部屋へ連れていきました。「痛かったね」と言って、ひざに抱っこしてあげると、しばらくして泣きやんだので、話しかけました。

「健ちゃん、良かったね。転んで」。健ちゃんはいぶかしそうな顔です。

「もしもあの時、千絵ちゃんが転んで、健ちゃんが1等になっても、健ちゃんはちっともうれしなかったと思うわ。今ごろ千絵ちゃんは痛い痛いって、泣いとったかもしれへんよ」

「健ちゃん、1等になれるよう練習しようよ。練習して1等になった方が、うれしい気持ちは百倍になると思うわ」

　園児たちが部屋に入って来ると、健ちゃんは、みんなのところに走っていきました。「健ちゃん、痛かったね。もう大丈夫?」と声をかけた千絵ちゃんに、健ちゃんが小さな声で「ごめん」と言っているのが聞こえました。

　千絵ちゃんは何のことかわからず、キョトンとしています。私は「ごめん」が言えた健ちゃんに心の中で拍手を送りました。

　その後、健ちゃんは泣いたり怒ったりする中で、しだいに我慢することを覚えていきました。

＊

1年がたち、卒園式を前にしたお別れパーティーが開かれました。園児全員が集まり、お昼ご飯を食べている時です。デザートはウサギのように切ったウサギリンゴでした。しばらくして立ち上がった健ちゃんは、1年前におもちゃを取り上げて泣かした男児に駆け寄り、そっとウサギリンゴをあげていました。

子どもの心は体験を通して成長していきます。喜び、悲しみ、苦しみ、痛み……。五感で感じ取った体験は心に刻みこまれます。子どもの頃のアクシデントこそ、すべて人間として育つための教材です。せっかくの教材を無駄にしないよう、大人がかかわり方を考えたり工夫したいものですね。

行きつ戻りつ

知り合いの保育士さんから先日、聞いた話です。

つよし君は両親が離婚したため、兄と一緒に父親に引き取られました。祖母が保育所の送迎をしています。

入園当初から暴言や暴力がひどく、すねたり泣き叫んだりの毎日です。「何でそんなに怒るの」「先生の言い方がいやなんか」と尋ねると、「うん」と言います。それでも私は「時間がかかっても、この子の心に寄り添ってやろう」と思いました。

ある日、「おんぶして」と言って来たので、少しの間、おんぶしてあげました。少し落ち着いてきたかなと思っていると、次の日はまた泣き叫びます。

「もうつよし君の好きにしていいよ。みんなと一緒のことしなくていいし、お昼も好きな時間に食べればいいから」。こう言って突き放してみると、しばらく泣き叫んだ後、「みんなと一緒に食べたい」と言ってそばに寄って来ました。

みんなと行動を共にしたいという欲求があることが分かり、少し安心しました。欲求を満たすためなら、我慢もできるはず。光が見えたような気がしました。その時、「つよし君はほめられた経験がないのだろう。どんな小さなことでも見逃さずにほめてあげよう」と決めました。

散歩に出かけた時のことです。小川に架かった一本橋で、園児らが渡るのを怖がっている中、つよし君が真っ先に渡りました。

私はすかさず「すごい」と言って手をたたきました。みんなから拍手されたつよし君は、これまで一度も見せたことのない笑顔で声をかけたり、手を引いたりして、一人ずつ橋を渡らせてあげたのです。その日、つよし君は「今日、危ない橋、渡ったんよな」と何度も言ってきました。

約1ヵ月後。部屋にくしゃくしゃになった折り紙が落ちていたので、私は「これ、誰が捨てたの」と聞きました。すると、そばにいた男児が「つよし君やろ」といって、つよし君のほっぺをたたいたのです。でも、つよし君は怒ることなく「僕と違うよ」と言いました。男児はすぐに「ごめん」と謝りました。私はつよし君が我慢できたことと、男児がすぐに自分の間違いを認めたことに胸がきゅっとなり、思わず2人を抱きしめました。

保育士さんは言います。「また明日、荒れるかもしれないけど、行きつ戻りつでいい。つよし君の笑顔が見られる日を増やしていきたい。私たちでも原体験を与えることができるんですよね」

*

この保育士さんのように子どもの心の動きを見逃さず、しっかりと寄り添える大人に出会えることで、どれだけの子どもたちが救われることでしょうか。

十分に愛されていない子どもたちが増えています。保育士や教師、友達、近所の人でもいい。子どもたちに愛をと願うのみです。

ないしょやで

　その後、つよし君の保育士さんから、お手紙を頂きました。「子どもと一緒に悩んだり考えたりしながら、大人も子どもと共に成長できるんですね」と記してあり、その後のつよし君との出来事が書かれていました。

＊

　ある日、つよし君が「黄色の折り紙がないねん」と言ってきたので、私は「黄色の折り紙あげるから、先生の言うことも聞いてな」と言って黄色の紙を渡そうとしました。すると、つよし君は「もうええわ」と言って怒り出したのです。

　私は交換条件を出したことを後悔し、「ごめん、ごめん」と謝りましたが、「もうええわ」と言って立ち去っていきました。

　しばらくして折り紙を渡すと、素直に受け取ってくれたのですが、その後、つよし君は立ったまま、はさみで紙を切っていました。切りくずを床に落としていたので、「立ったまま切ったら危ないよ。切りくずも落ちるし」と注意しました。すると、つよし君ははさみを床に投げつけ、「もういらんわ」と言って泣き出したのです。

「あっちの部屋に行って、お話でもしようよ」と誘っても、「いやや、一人でここにおるわ。晩まで」と言って動こうとしません。「なんで」と聞くと「話なんかしたない。晩までおる。どうせ誰も迎えに来いへんし」と言います。

「今日の朝、なんかあったん」と聞くと、「ばあちゃんとじいちゃんに怒られた。どないしたらええんよ」と言ってさらに泣き続けます。私は「朝からそんなことあったん。先生まで怒ったらつらいよなあ。ごめんよ」と言って、一緒に泣きながらつよし君を抱きしめました。

しばらくして、私が「つよし君はどこがあかんかったか分かっとるもんな」と言うと、「うん。先生、ごめん」と言います。

さらに私が「前に大人は泣かんって言ったけど、大人も泣くことあるんやね」と話すと、笑顔に戻りました。「泣いたこと、ないしょにしとってよ」と言うと、「うん。約束する」と答えてくれました。

その後、つよし君は時々、私の耳元で「先生、つよしと泣いとったんよな」とうれしそうに言ってくるようになりました。「もう、ないしょやで」と言うと、「分かっとる、分かっとる」と言って逃げていきます。

＊

自分の悲しみを我がことのように悲しんで泣いてくれた保育士さんに出会えたつよし君は救われました。「相手の立場になれない人は人間関係が作れない」といいます。この保育士さんのような大人に出会えることで、子どもたちには相手の気持ちを思いやれる感受性が育っていくのではないかと思うのです。私たち大人は子どもの心に寄り添い、悲しみや喜びを共感できるよう努力しなければと痛感しました。

人として育てる

また、いじめにあった子どもが自らの命を絶ちました。福岡県の中学2年の男子生徒が遺書を残して自殺しました。心から血が噴き出すような思いで、どんなにか苦しい日々を生き続けたことでしょう。中学1年当時の担任教諭が発した「からかいやすかった」という言葉に心が凍ります。

＊

そんなとき、つよし君の保育士さんから電話がありました。「つよし君の成長を喜んでいたら、クラスの他の子も喜んでくれて、クラスの一人ひとりが成長してきたようです」

運動会の朝。つよし君が「ぼく、負けても怒らへんよ」とクラスの他の子に話していました。他の子が「そうや、勝ったり負けたりや」「怒ってもええけど、自分に怒ったらええんや。それで今度がんばるんや」と言うと、にこにこして聞いていました。

運動会の準備も先生の指示を待って動くのではなく、自分たちで協力しながら動いていました。その中に、つよし君も当たり前のようにいる。入園した当初には想像もつかなかったことです。クラスのみんなに受け入れてもらえたつよし君の笑顔を見て、私は胸が熱くなりました。

運動会の翌日。園児ら数人が砂場で遊んでいました。次の活動の時間が来たので、遊び道具を片づけて部屋に戻るように言いました。みんなは片づけ始めたのですが、つよし君はまた癇癪を起こしたのです。

私が無視していると、つよし君は自分一人で部屋に戻って来ました。私が「なんで」と聞くと、「ぼく、みんなと一緒がいい。片づけないでごめんなさい」。つよし君はみんなの前でこう言って謝ったのです。

＊

保育士さんは言います。「こうして子どもたちから毎日のように感動と喜びをもらっているんよ。保育士になって良かったとつくづく思っています」

この保育士さんの取り組みは、いじめの原因を作ったあの教諭の言動とは全く逆のものです。

保育士さんがつよし君にどうかかわっているか、どんな言葉をかけているか。子どもたちは毎日、見聞きしながら、この保育士さんの心を感じ取り、共感し、人を思いやる心を育てているのです。

いじめがある教室や学校からは、人は育ちません。いじめに加わらなくても、いじめを見て心が痛まない限り、人としての心は育たないでしょう。

アフリカの格言に「子どもをたった一人育てるのにも村中の知恵と力が必要だ」というのがあります。子どもにかかわるすべての大人に相手の悲しみを想像する力を持ってほしいと強く望みます。未来を創る子どもたちの命を守るため、知恵と力を出し合っていきましょう。

はみだしっ子バンザイ

最近、親や教師の言うことを何でも聞く「いい子」に子どもをさせようとする大人が多いようです。その結果、まじめな子ほど幼い頃から「いい子」を演じ続けてしまいます。子どもはいろんな体験を通じ、心をいっぱい揺らしながら育ちます。精密機械である車もハンドルやクラッチには、スムーズに走るためのゆとりや遊びがあります。「いい子」を演じている子には、その遊びがありません。追い詰められたその先は……。

そんなとき、思い出すのが「障子の穴」事件です。

＊

私が保育園で4歳児を担任していた時のことです。同僚の保母さんが血相を変え、「休息室の障子が破れてる。誰が破ったんや」と聞いてきました。

「まさか私のクラスの子が」と思いつつ、子どもたちに聞きました。「もし、パンダ組の中に障子を破った子がいたら、正直に話して。話してくれたら、先生うれしいな」

返事を待っていると、「僕……」と、ともちゃんが前に出てきました。すると、かずおちゃんも「僕も破った」。さらに、てっちゃんも手を挙げました。

私はすぐに叱らないで「正直に言ってくれたのね。ありがとう」と言いました。すると、他の子どもたちが「あの部屋に入ったらあかんのに」「障子破ったりして、絶対あかんわ」「園長先生に謝らな」と口々に声を上げます。3人は下を向いて小さくなり、泣きべそをかきだしました。

私は3人に少し考える時間を与えました。そして、こう言いました。「そうね先生も、そう思う。園長先生に謝りましょう。障子を張り替えるのは園長先生にしかできないし。先生と一緒にお願いしなきゃね」

私は3人を連れて職員室に行き、「園長先生、ごめんなさい」と頭を下げました。すると、私の後ろで3人も「ごめんなさい」と言って頭を下げています。職員室を出ると、背中から「先生、ごめんなさい」という3人の声が聞こえてきました。

私は入ってはいけない部屋にこっそり入り、指で障子に穴を開けている3人の姿を想像し、なぜかうれしくなっていました。「3人にとっては、すごい冒険だったんだろうな」と。

私の子ども時代、子どもがいる家なら、必ずといっていいほど、障子の低いところに穴が開いていました。その家には「また、やったなあ」と叱りながら、子どもの成長を喜ぶ親の姿があったように思います。

＊

親や教師は、子どもが指示通りに動いてくれることで安心します。でも、子どもは指示からはみ出すことで幅広い体験をし、考えたり、知恵を働かせたりしながら、生きる力を育てていきます。「障子の穴」事件では、なぜ叱られるのか、誰に迷惑がかかるのかを3人はもとより、クラスの子どもたちも真剣に考えたのです。

子どもたちは幼児の時から、小さなはみ出しを繰り返しながら、限度や加減がわかるしなやかな心をはぐくんでいくのではないでしょうか。子育てにも遊びやゆとりを持ちたいものです。

心がしんどいの

切れやすい明君は、私の担任する5歳児のクラスにいました。とくに休み明けにはイライラが激しくなります。

ある日、登園して30分もたたないうちに、隣にいた女の子を突き飛ばしました。私はすぐに明君を抱きとめ、「ごめんね。明君は心がしんどいみたい。治してあげたいの。待っていてくれる」と言い残して、明君を抱いて別室に連れて行きました。

明君は泣きながら私の頭や顔をバンバンたたきます。何にイライラするのか私には分かりません。たぶん、明君に聞いても答えられないでしょう。ただ、心が落ち着くまで抱きしめてあげようと思いました。

「いっぱい泣こうよ。先生をたたいていいから」。明君の苦しみを取ってやりたいと一心に思い、背中をさすり続けました。

十分に泣いたのか、息づかいが静かになった時、明君は「みんなのところに行く」と言って戻っていきました。

「明君、治ったんや」「やさしい顔になったわ」。突き飛ばされた女の子やクラスの園児たちは、こう言って明君を迎え入れました。

*

これまで明君が切れるたびに、私の対応が悪いからと自分を責めていました。「保育士として自信がない」と夫に悩みを打ち明けると、「お前の保育が悪いのなら、園児全員がそうなるはず。親に話してみたら」とアドバイスされました。

それで思い切って明君のお母さんに話しました。お母さんの話では、父親が厳しすぎるとのことです。「夫婦で話し合ってみる」と約束してくれました。

次の週の月曜日。明君が登園するなり、「山登りしてん。お父さん、肩車してくれたよ。3人でお弁当も食べた」。楽しかった様子を息つく間がないほど話し続けました。

その日、明君が書いた海の絵は船、魚、昆布、カニ、雲……。すべて大中小の三つずつです。「これがお父さん、こっちはお母さん、これが子ども」

絵を描きかけても、すぐにぐちゃぐちゃに塗りつぶしていた明君が、この日は1時間近くも描いていました。お迎えに来たお母さんに絵を見せたら、泣いて喜んでいました。

＊

子どもがイライラしたり切れたりするのは原因があるからですが、すぐに答えが出るものではありません。原因がいくつも重なっていることもあり、一人ひとりで状況が違います。だからこそ、切れる子に出会った時は、保育士であっても親であっても「私の責任だ」と一人で抱え込まないで、誰かに相談することが大事なんだなと思いました。

私自身、一人で悩み、保育士としてやっていく自信をなくしかけたことが何度もありました。この時も、もっと早く親に話をすれば、明君も私も苦しまずにすんだのにと思いました。

子どもたちで話し合う

運動会シーズンが来ると、思い出すことがあります。

運動会の前日。５歳児のクラスでいくつかのチームを作ってリレーをしました。最終ランナーのみよちゃんはバトンを1位で受け取りましたが、途中で抜かれて3位に落ちました。すると、みよちゃんは走るのをやめて歩き出したのです。最後はゴールを前にしゃがみ込んでしまいました。

同じチームの子が「みよちゃん、走ってぇな」「負けるやんか」と声をかけても、ますます怒って動こうとしません。結局、最下位になってしまいました。

リレーの終了直後、同じチームのゆりちゃんが目に涙をいっぱいためながら、みよちゃんに駆け寄り、「みよちゃん走らんから、負けたやんか」と我慢ならない様子で言いました。みよちゃんは「なんでよ」と言ってゆりちゃんに突っかかっていき、つかみ合いのケンカになりました。

私は「とにかく部屋に戻って、みんなで話し合おうよ」と言いました。でも、みよちゃんは部屋に入らず、廊下に座り込んで泣き続けました。

部屋では、ゆりちゃんが窓の方に顔を向けて、肩を大きく揺らしています。自分が力いっぱい走ったのに負けたことがよっぽど悔しかったのでしょう。

*

みよちゃんの気持ち、ゆりちゃんの気持ち、自分はどう思うかなどについて、みんなで話し合いました。

ゆりちゃんの気持ちを理解する子が多い中で、「遅い子の分、速い子が頑張ったらええんや。それがリレーや」という意見も出ました。他の子たちは「みよちゃんは自分も頑張ったのに負けて悔しかったんや」「負けても最後まで走ったらええ」「怒らんと教えたったらええねん」と言います。

別の子は「ゆりちゃんは、勇気を持ってみよちゃんに言えたのがえらいと思う。ぼくも同じこと思ったのに言えなかった」と言いました。

子どもたちは、私が話したかったことをすべて言ってくれました。私は先に話さなくて良かったと思いながら、子どもたちの話し合いを聞いていました。

＊

私はトラブルが起きるたびに、子どもたちの成長のチャンスと思い、子どもたちで話し合う時間を持ちました。一人ひとりが自分の頭と心で考え、言葉で表現するのです。短気な子、のんびり屋さん、足の速い子、遅い子、誰一人同じ子はいません。だから育ちあうのです。お互いの違いを認め合い、共感しあうことで育っていくのです。

＊

えっ、みよちゃんですか。廊下で泣いていたみよちゃんは、みんなの話を聞いて、自分の気持ちを整理できたのでしょう。午後は運動会本番を前に、ゆりちゃんと一緒にかけっこをしていました。子どもって、そういうものです。

就　職

知人の娘の恵子さんが先日、訪ねてきました。恵子さんは京都の保育園に保育士として就職するとのことです。大学時代、保育実習で淡路島に戻った時も訪ねてきてくれました。

恵子さんは4月から3歳児40人のクラスをベテランと2年目の保育士さんの計3人で担任します。「保育士さんたちとうまくやっていけるかな」。考え出すと不安が膨らみ、子どもたちに会いたい気持ちがしぼんでいくと言います。

＊

話を聞くうち、私は保育士になった頃のことを思い出しました。

入園したばかりの子の中に、母親と離れるのがいやで泣き叫ぶ子がいました。私が抱くと「帰るー」と手足をバタバタさせて逃げようとします。そのうち他の子まで泣き出しました。私も泣きそうになった時、先輩の保育士さんや調理師さんたちが出てきて助けてくれました。

それから数日後。いつも泣き叫んでいた子が私の手を払いのけなくなり、いつのまにか私の手を握り返してきたのです。その時、「保育士になって良かった」と思いました。あの時の感動は今でも私の胸をじんとさせます。

母親と別れるのがつらいと思う感情を表現できることは、子どもにとって大切なことです。泣いた子ほど集団に溶け込みやすく、友達と元気に遊べる子になっていくものです。

＊

私は恵子さんに自分の体験を話した後、こうアドバイスしました。「子どもやお母さんには、いつも『大丈夫よ』と声をかけてあげて。自分にも『大丈夫』って言い聞かせると、落ち着けるものよ」

「子どもは大人の言う通りにならないからいいの。子どもは『どうして言うこと聞いてくれないのかな』と大人を考えさせてくれるのよ」とも話しました。「子どもの気持ちに寄り添えた時、子どもは素直に付いてきてくれるわ。『あっ、心が通じた』と感じた時は最高の喜びよ」

＊

恵子さんには絵本をいっぱい読むようにもアドバイスしました。「子どもたちがイライラして落ち着かない時こそ絵本を読んで、楽しくてリズミカルで心地よい言葉を聞かせてあげて」

最後に絵本作家あきやまただしさんの絵本を読んであげました。恵子さんは大笑いしながら聞いていました。「早く子どもたちに絵本を読んであげたい」。そういって元気に帰っていきました。

＊

数日後、恵子さんのお母さんが訪ねてきました。娘さんは無事に洲本高速バスセンターからバスで出発したとのことです。社会人として人生の新たな一歩を踏み出す娘を前に、母親は励ましの言葉をかけようとしましたが、思いが高ぶって言えなかったといいます。動き始めたバスに向かって「がんばって」と涙ながらに声をかけたそうです。

野菜づくり

「今朝、とれたばかりよ」と近所の人が、かごいっぱいのミニトマトを届けてくれました。

ミニトマトには忘れられない思い出があります。私が勤務していた保育園では毎年、庭の畑でナスやピーマン、ミニトマトなどの野菜を栽培していました。その年は年長児28人を4グループに分け、苗の植え付けや水やりなどの当番を決めて世話をしました。当番以外の子どもたちも毎朝、のぞきに行きます。「葉っぱがいっぱいになったね」「花のつぼみ見つけたよ」。子どもたちは新しい発見を伝え合います。

＊

ミニトマトに花が咲きだした頃、事件が起きました。調理師の藤井先生が茎を折ってしまったのです。日照りが続いたので、ホースで水をやっているうち、ホースが茎に引っかかりました。「苗を買ってきて植え替えましょうか」という藤井先生に「いいのよ、こんなトラブルが子どもたちを育ててくれるのよ」。私は自分に言い聞かせるつもりで答えました。

子どもたちには、いきさつを話し、藤井先生が謝っていたことを伝えました。「どのグループのが折れたん」「もうトマトなれへんの」と心配顔の子どもたちに、私は「とにかく折れたのを見て、どうしたらいいかみんなで考えようね」と言いました。

折れたのはてんとう虫グループのミニトマトでした。地面から10センチぐらいのところで茎が折れています。「トマトがけがしてる」「ほんまや大けがや」

「ほなら、先生がトマトの国のお医者さんするから、誰か割りばしとテープ取ってきて」。私は子どもたちと一緒に折れた茎を伸ばし、テープを巻いて添え木を付けました。「ミニトマト頑張れ」。子どもたちは口々に声をかけていました。

＊

2日後、みんなの願いもむなしく葉や花がしおれてきました。3日後、とうとう折れた先から枯れてしまいました。「ミニトマトの実がなったら、分けてあげるから」。他のグループの子どもたちが慰めてくれました。

ところが1週間ぐらいたった頃。折れた部分のすぐ下から新しい芽が枝のように出ているのを子どもたちが見つけました。「先生、ミニトマト生きとったでぇ」「ミニトマト頑張ったんや」「ミニトマトえらいな、強いな」。涙ぐんでいる子どももいます。
みんなの期待を背負ったミニトマトは、その後、みるみるうちに大きくなりました。他のミニトマトより少し遅れたけれど、たくさん赤い実をつけました。

*

あの日の感動は、子どもたちの心にも刻まれていることと思います。子どもたちは心配したり慰め合ったり喜んだりと、別の苗を買ってきたのでは得られなかった体験をしました。ミニトマトのように、どんな苦境に立ってもあきらめず、友達と支え合いながら赤い実をつけてほしい、と願わずにはいられません。

スタートライン

今年で3年目の若い保育士さん、田川さんからの楽しい報告です。

たあ君とこう君は今年3歳になり、4月から保育所に通っています。2人とも3月生まれで、生まれたばかりの弟がいます。

たあ君とこう君が出会ったのは、入所式の次の日でした。赤ちゃんを抱いたお母さんに連れられて保育所に来たとき、たあ君もこう君もわあわあ泣いていました。その日、田川さんは右手でこう君、左手でたあ君の手を握り続けました。

2人は親と離れる体験が初めてなので、1週間ばかり泣き続けました。田川さんの手から離れたのは5月になってからです。その後も2人は一緒にいることが多く、一緒に遊ぶというより、一緒にいると安心という感じでした。

＊

こう君は物事に興味を示すとすぐに行動に移すのに対し、たあ君はじっくり構えています。田川さんがシャボン玉遊びを始めると、こう君は「しゃぼんだま、くだちゃい」と言って寄って来ます。いすに座って興味なさそうにしていたたあ君は、他の子にはあんまり反応しないのに、こう君の行動には反応します。立ち上がって「しゃぼんだま、ください」とこう君と同じように言うのです。

そのたあ君はお母さんに言うそうです。「こう君が泣くから、早く保育園に行って遊んだらな」

でも、保育所ではたあ君が泣くこともあります。そんな時、こう君が組み立て玩具で車を作って、たあ君のそばまで持っていきます。すると、たあ君は泣きやみ、2人で遊びだすのです。2人はいつのまにか、お互いの好きなものが分かり、どうすれば相手が泣きやむかが分かっているようなのです。

もちろんケンカもします。けとばしたり、たたいたり。3歳児は言葉より、手の方が先に出るのですね。でも仲直りは早いようです。たたかれると痛いことを体験し、加減することも覚えつつあるようです。

＊

ある日、たあ君が「こう君、ここかんだ」と言って田川さんのところに来ました。見ると、左腕に歯形らしき跡が残っています。それで田川さんはこう君を呼んで言いました。「だめよ、かんだりしたら。ほら、こんなになっているでしょ。たあ君、痛かったのよ」。すると、こう君のしかられてつらそうな顔を見たたあ君は「もう痛くないよ」と言いました。こう君をかばったのでしょうね。

田川さんは言います。「集団生活をスタートした2人が、これからどのように人とかかわっていくか楽しみです」

＊

子どもたちは保育所に入っても、すぐに集団に溶け込んで、みんなと遊べるわけではありません。一人ひとり育ち方の違い、体験の違いにより、集団生活が出来るようになる期間は異なります。子どもたちはゆっくりと体験を通して、人とのかかわり方を身につけていくのです。

冬ごもり

寒い日が続くと、保育士時代の大失敗を思い出します。

11月下旬、近くの山へ園児たちと落ち葉を拾いに出かけました。「てんとう虫、じっとしてる。死んでるの?」「違う。眠っとんのや。冬ごもりや」

てんとう虫を見つけたまりちゃんに、けんちゃんが教えます。「葉っぱをいっぱいかけといたらな」

帰り道は冬ごもりの話題でもちきりです。保育園に戻った後、みんなで動物図鑑を見ました。「カエルもカメもや」「クマさんも穴の中にいるんや」「ヘビも丸くなってる」。子どもたちはますます冬ごもりに興味を深めていきます。

＊

翌日、私は部屋の壁面に画用紙を張って「山」を作りました。黒色の紙で「地中」を作り、その上に茶色の紙で「地面」を作り、その上に大きな木を張り付けました。子どもたちは早速、冬ごもりする動物たちの絵を画用紙に描いて切り抜き、壁面に張り付けていきました。「ヘビとカエルのおうちが隣だから、遊びに行けるようにトンネルも付けよう」。日ごとに動物が増えていき、壁面がにぎやかになっていきます。

北風が吹く寒い日。子どもたちは広告の紙で葉っぱを作り、てんとう虫の上にもう一枚葉っぱを重ねてやりました。クリスマス前には、クマさんの家の入り口に大きな靴下をつるしてあげました。

2ヵ月余りの間、冬ごもりの壁面飾りは子どもたちのイメージを膨らませ、やさしい思いやりの心を育ててくれました。

＊

1月下旬、壁の装飾を変えるため、子どもたちの了解を得て、飾りをはずしました。子どもたちの作った動物はていねいにはがし、棚に並べました。木の根っこのそばに小さな3匹のカタツムリがいたのですが、のりがべったりくっついてはがれないので、そのまま焼却炉で燃やしました。

しばらくして、かっちゃんが「僕のカタツムリ、はずした？」と聞いてきました。私が「棚の上に並べてあるから探してね」と答えると、かっちゃんは棚の上を探しながら「ないよ、ないよ。僕のカタツムリいないよ」と言います。

私は青くなりました。

「大きな木の根っこの所に冬ごもりさせてあったんや。あれ、お母ちゃんと姉ちゃんと僕やねんぞ」。かっちゃんは真っ赤になって泣き出しました。「先生、ほったんちがうんか」

私は自分の頭をたたきたくなりました。子どもたちが自分の作った動物の中に自分自身の生活を重ね、想像を膨らませていたのを見てきたはずなのに……。

＊

子どもの心をこれ以上、傷つけたくなくて、うそをつきました。「カタツムリさんね。土の中にいるのはつまらないって話していたので、紙飛行機にのせて飛ばしてあげたの。今ごろ、かっちゃんの家の上を飛んでいるかも」。かっちゃんは機嫌を直してくれたようでした。

あれ以来、子どもの作品には子どものたくさんの思いや心が入っているんだと、肝に銘じてきました。

かっちゃん、ごめんなさい。そして、ありがとう。

劇づくり

保育所の発表会シーズンになると、劇づくりを通じて子どもたちが成長した喜びや感動を、保育士さんたちから聞くのをいつも楽しみにしています。

今年は、ある保育所で、4歳児の劇を見せてもらいました。劇が始まる前に、保育士さんが見学に来た保護者に語りかけます。

「一人ひとり個性豊かで、めっちゃにぎやかで、めっちゃかわいい子どもたちです。クラスの30人、誰一人欠けてもできなかった劇です。みんなが力を合わせて頑張っているところを見てあげて下さい」

＊

遊戯室の舞台と床の半分を使って「白雪姫」の劇が始まりました。

♪さあ　さあ　これから　始まるよ

きれいなスカートをはいた白雪姫、黒い布をまとったおきさき、7人の小人、ウサギやオオカミなどに扮した30人がオープニングの歌を歌います。

7人の小人が森で働くところは、まるでスコップや鎌を持っているかのように見えます。子どもたち自身が自分なりにイメージして表現しているのです。セリフも自分の言葉でしゃべります。

物語は少し作りかえられていました。動物たちが小人たちにお弁当を届け、「おいしいね」と言いながら、みんなで一緒に食べるのです。

＊

劇中には、たくさんの歌や踊りも入ります。出番を待っている子も含めて30人全員が元気いっぱい歌います。恥ずかしがり屋の子や泣き虫さん、のんびりしている子、飽きっぽい子もいたはずです。それなのに、どの子の顔も自信に満ちあふれています。

見ている私たちも、いつのまにか引き込まれていました。涙ぐんでいるお母さんや身を乗り出すように見入っているお母さんたちばかりです。我が子の演技だけでなく、30人全員の頑張りに胸を打たれているようです。

エンディングの歌が、また素晴らしかったのです。

♪あしたはきっと　ともだちさ

（「ハロー・マイフレンズ」＝ひらけ！　ポンキッキ　エンディングテーマより）

＊

ずっと前に見た発表会の中には「出来栄え」を気にして、保育士さんが子どもたちに一挙一動を教え込んでいた劇もありました。保護者によく見せるため、演技やセリフを無理に覚えさせていたのです。それでは考える力も友を見る目も育ちません。

一方、この日の劇は子どもたちと保育士さんが話し合いながら、楽しんで作り上げたことが伝わってきました。上演する物語の選択から役決め、セリフ作りまで、「作る過程」を大切にして、子どもたちに考えさせながら作ったそうです。

だからこそ、子どもたち一人ひとりが劇の主人公となり、30人全員が輝いた劇になったのだと思います。そのことは見ている親にも伝わったと思うのです。

クラスの心が一つになって

今年も保育士さんたちから、劇づくりを通じて育った子どもたちの報告が電話や手紙でありました。いずれの報告も劇の出来栄えではなく、気になっていた子やクラスの成長についての喜びや感動を伝えてくれるものでした。

これらの手紙を読み、私も20年以上も前の感動を思い出しました。

＊

5歳児のクラスで「龍の子太郎」（松谷みよ子作）の劇をした時のことです。物語の選択から場面の設定、セリフ作りまで、子どもたちと話し合いながら進めました。

役決めでは、なりたい役を一人ずつ発表していきました。太郎や少女あやの役は場面ごとに交代することにしたほか、鬼や動物の役も決まりました。

ところが、おばあさんの役だけが決まりませんでした。男の子たちは「おばあちゃんする子、おれへんかったら劇でけへんわ」「誰かしてよ」と言いますが、女の子たちは黙ったままです。

私は無理に役を決めず、しばらく待つことにしました。「先生もええ考えが浮かばんから、どうしたらいいか、みんな考えてきてね」

＊

翌朝のことです。さきちゃんが近寄ってきて、私をかがませました。そして耳元で「あんな、私な、おばあちゃんする」と言ったのです。

さきちゃんは3月生まれの早生まれで、体も小さい方でした。おとなしい性格で、遊びの時もみんなの後からついていく感じでした。男の子にいじわるされても「いや」「やめて」とはっきり言えない子で、気になっていた子でした。

私は「ほんまに？」と問い返しました。

「おばあちゃんの役、おれへんかったら劇できへんもん。おうちで考えたんよ」

私は思わずさきちゃんを抱きしめました。「ありがとう。みんな喜ぶわ」

早速、クラスのみんなに報告しました。「うわーい、やったあ」「これで劇ができる」「さきちゃんありがとう」。みんなは跳び上がったり、手をたたいたりして喜び合いました。

この時、私は劇を作りあげるという目標に向かって、クラスの26人全員の心が一つになったと思いました。

＊

さきちゃんはおばあさん役を引き受けたことで、みんなから認められました。そのことで、さきちゃんはクラスの一員として、自信を持つことができたのでしょう。その後は遊びの中でも、自分の意見が言えるようになりました。

さきちゃんが育ったことにより、クラスの集団も育ちました。劇づくりの際にはしばしばアクシデントやトラブルが起きますが、そこで共に悩んだり、喜んだりするたびに誰かが育っていったのです。

保育士さんから届いた手紙の一つに、こんな言葉が書いてありました。「子どもたちはすごいと思いました。私たち保育士の役割は子どもたちの力を引き出してやることなのですね」

ポケットのこま

知人の西川さんから、今春に中学生になった長男の正樹君のことを聞きました。正樹君が4歳で保育所に入園した時の話です。

＊

正樹は小さい頃、とても恥ずかしがり屋だったんですよ。入園式では何とか私と離れて、保育所のみんなと一緒に座っていたんですけどね。

次の日のことです。正樹は保育所の正門まで行くと、私の手を固く握ってきました。保育士さんが玄関で手招きしていたので、私は「先生が待ってるよ。さあ行きましょう」と言って正樹の手を引っ張りました。でも正樹は手を強く握りかえしてきました。そして私の背中に回り、私の腰を押すのです。

他の子どもたちは先生と元気にあいさつをして、玄関に走り込んでいきます。ところが、正樹は先生が「正樹君、おはよう」と言っても、「おはよう」が言えず、私の手の中で指をもぞもぞ動かすだけでした。

　私はとっさに先生に言いました。「正樹は私の手の中で、指を使って『おはよう』と言ってます。先生、聞こえますか」

　すると先生は「あっ、聞こえた聞こえた。正樹君の『おはよう』が」と言って私の話に合わせてくれました。それで少し緊張が解けたのか、正樹は先生と中に入っていきました。

　その後も正樹は「おはよう」が言えず、私は正樹が保育所でうまくやっていけるのかとても心配でした。

＊

　5月半ばのことです。保育所にこま回しの上手なおじさんがやって来ました。みんなに交じって正樹も、おじさんからこまの回し方を教えてもらいました。そして正樹は誰よりも上手にこまを回したのです。クラスの仲間は拍手をしながら「正樹君、すごい」と口々に声を上げたそうです。

　正樹は迎えに行った私を見つけると、一目散に走ってきました。先生が「正樹君、こま回しが上手ですね」と言うと、正樹は「お母さん、こま回しのおっちゃんが来たんよ」と言いました。保育所では大きな声が出せなかった正樹が、みんなの前で私に説明したのです。

実は正樹は小さい頃からこま回しが上手でした。家に戻ると、こま回しを最初に教えてくれたお父さんに、得意そうに報告したのはもちろんです。

次の日から、正樹はポケットにこまを入れて登園するようになりました。そして正門で私と別れた後、玄関まで元気に走っていきました。正樹は「おはよう」も言えるようになり、友達と一緒に遊ぶこともできるようになりました。こま回しがきっかけとなって、正樹はようやく保育所の中に自分の居場所を見つけたようでした。

＊

自分に自信がないと、前に進めないのは、大人も子どもも同じですね。誰かに認めてもらった時、自信は生まれてきます。

あなたにとっての「ポケットのこま」は何でしたか。

遊びの天才

私が保育士だった頃、天気がいい日は、園児たちと一緒に近くの神社まで遠出しました。子どもたちは道ばたの石ころを拾ったり、草花を摘んだりしながら、にぎやかに歩いていきます。神社に着き、安全について注意点を話した後、雑木林に囲まれた広場で遊びの開始です。

走り回るのに疲れると、子どもたちは保育士さんの周りに集まってきます。「今日は何して遊ぼうか」「お店屋さんごっこがいい」。すると誰かが言い出します。「ぼく魚屋さんになる」「私、お花屋さん」「お菓子屋さん」

そして石ころや木の枝、松の皮、松ぼっくりなどを拾ってきて、どんどんイメージを膨らませていきます。木の葉に棒を通してアイスクリーム、松葉を集めて焼きそばのできあがりです。枯れ枝を集めて囲いを作り、「ここが入り口だからね。ここから入ってきて」

と説明する子もいます。お金はウバメガシの葉で代用です。

今あるもので、そこにないものを表現する働きのことを「象徴機能」といいます。子どもたちはごっこ遊びをしながら、それを大いに働かせていました。

＊

数年前、子育てセンターで1、2歳児とその保護者に話をする機会がありました。私は新聞紙を持参し、約30人の子どもたちに1枚ずつ新聞紙を配りました。

私が新聞紙を広げ、手に乗せて動かすと、子どもたちも同じように動かします。新聞紙が破れた子が「破れたー」と言って少し困った顔をしたので、私は「さあ、今度は破ってみましょう」と言いました。すると、子どもたちは思い思いの形に新聞紙を破っていきました。

私が床に散らばった新聞紙から1枚の切れ端を拾い、「あれ、魚みつけた」と言うと、子どもたちも一斉に探し始めます。「お山、見つけた」「飛行機あった」と言いながら切れ端を私に持ってきます。「すごいね、見つけたね」と言って頭をなでてあげると、それだけで満足そうです。最後は、みんなで拾い集めた新聞紙を丸めてボールを作り、親子でキャッチボールをして遊びました。

現在、どこの家庭にもキャラクター人形や既製のおもちゃがあふれているのではないでしょうか。今の子どもたちは一昔前に比べ、自分のイメージを膨らませることが減っているのではないかと心配します。

*

子どもたちは2歳ぐらいから、目の前にあるものを別の何かに見立てる遊びができるようになります。このころから、子どもたちは想像力を働かせて、どんなものでもおもちゃに変えるのです。

幼児期に思う存分、想像力を働かせて遊んだ子どもたちは、創造性豊かな魅力のある若者に成長していくことでしょう。

僕の芽、出てくるの？

保育園の年長組で朝顔の種まきをしました。一人ずつ自分の名前を書いた植木鉢に種を4粒ずつまきました。

翌朝から子どもたちは毎日水をやって観察します。ひろし君は民話「さるかに合戦」のカニの言葉をもじり、「早く芽を出せ朝顔の種。出さぬとハサミでちょん切るぞ」と言いながら水やりをしていました。

3日後、ただし君の鉢から芽が伸びてきました。5日後には、約半分の子の鉢から芽が出ました。まだ芽が出ない子は「先生、ぼくの芽、出てくるの」と心配そうに聞いてきます。私は「今、土の中でがんばっているから、待ってあげようよ」と答えました。

＊

1週間もすると、ほとんどの子の鉢から芽が出てきました。ただし君の鉢では4粒とも芽が出て、うち3本は双葉も生えています。

でも、ひろし君とけんじ君の鉢からは、まだ1本も芽が出ません。「土が膨らんでいるから、明日は出てくるよ」とただし君から言われて、けんじ君は「うーん、わかった」と答えたのですが、ひろし君は不機嫌そうに黙ったままでした。

その日の給食の後、ただし君が「先生、ぼくの芽、みんな切れてる」と言いながら、泣きそうな顔で部屋に戻ってきました。さあ、大変です。クラス全員を部屋に呼びました。「ただし君の朝顔の芽が全部切れてるんだって。どうしよう」。私がこう言うと、子どもたちは「犬が来て踏んだんや」「鳥が来て、突っついたんや」「ただし君、かわいそうに」と話しだしました。

「ぼくの種から芽が出たら、1本分けてあげる」とけんじ君が言うと、みかちゃんも「私も1本あげる」と言います。他の子どもたちも「僕も」「私も」と言ってただし君を慰めました。それを聞いたただし君は安心したのか、みんなと一緒に再び外へ遊びにいきました。

ところが、ひろし君だけはうつむいたまま、今にも泣きそうな様子で残っていました。

私はひろし君をひざの上に座らせ、抱きしめながら話しかけました。「つらかったね。悔しかったんやもんな」

すると、ひろし君はわあわあと泣き出しました。そして十分に泣いた後、言いました。「先生、ぼくが折ってん。ぼくも芽が出たら、ただし君にあげる」

＊

それからしばらくして、ひろし君の種からもけんじ君の種からも、4粒すべてから芽が出てきました。そして7月には、クラス全員の朝顔が色とりどりに咲きそろいました。

みんな同じように育たないからこそ、子どもたちは不安や期待、悔しさや喜びを経験します。友達と一緒に朝顔を育てるからこそ起きる出来事が、子どもたちの心を豊かに成長させるように思います。

食べる力は生きる力

「今日の給食なあに」。登園するなり、聞きに来る子がいます。調理室からいいにおいが漂ってくると、「今日のおかず、なにかな」とのぞきにいく子もいます。

私が勤めていた保育園では、ご飯は自宅からお弁当箱に入れて持ってきてもらい、おかずは調理室で作っていました。

子どもにとって給食やおやつの時間は待ち遠しいものです。ところが、5歳児のとし君は、給食の時間になっても楽しくなさそうです。他の子が食べ終わって外で遊んでいるのに、最後まで机に座っています。

カレーやシチューなどは食べるのですが、肉や魚、野菜は少ししか食べません。虫歯がたくさんあって、残っている歯が半分もないため、うまくかめないのです。飲み込む力も弱く、いつまでも口の中に食べ物が残っています。それがまた虫歯の原因になっているのです。

とし君は食べることに意欲がないだけでなく、友達と遊ぶことにも意欲がありません。

＊

ある日、私はとし君に食べ終えたときの達成感を味わわせようと思い、おかずの量を少なくしてみました。そして、隣に座って一緒に食べたのです。

かしわの空揚げは、はしで小さく裂いてから口に入れるよう話しました。「先生と一緒にムシャムシャ、クシャクシャかむのよ」と言って大げさにかんで見せました。

黒板にのどの絵を描き、こんな話もしました。「とし君ののどは、こんなに細いの。でも体が大きくなるには、のどがもっと太くならないとね。だから、飲み込むけいこをしようね」

それから私ととし君は毎日、「ムシャムシャ、ゴックンおいしいね」と言って一緒に給食を食べました。

約1週間後、とし君は全部食べることができました。そして、お皿を自分で調理室に持っていったとき、給食の先生から「がんばったね」と言って頭をなでてもらったのです。

そのときのとし君はとてもうれしそうでした。

私が「おいしいね」というと「おいしい」と言って笑顔を見せるようになりました。給食の量は少しずつ増やし、3ヵ月後には他の子と差がつかないくらいの時間で食べ終えるようになりました。そのころから、友達とも積極的に遊ぶようになったのでした。

ある日、とし君は私の耳元で話してくれました。

「ぼく、大きくなったら歯医者さんになる」

＊

子どもたちを見ていると、食べる意欲のある子は何をしても意欲的です。食べることは、いろんなことにつながり、生きることにつながっています。子育てはまず食べることからです。子どもたちが楽しんで食べられるよう工夫したいものですね。

ツバメの巣作り

保育所の軒先で5月半ば、ツバメが巣を作り始めました。ひまわり組の部屋に面したテラスの軒先です。ツバメは泥やわらをくわえて運んできます。そんな様子を間近に見て、子どもたちは大騒ぎです。

保育士さんは子どもたちに、ツバメが春になると南の島から飛んできて巣作りをし、秋になると再び南の島へ飛んでいくという話をしました。

6月に入り、ツバメは巣の中で卵を産んだようでした。保育士さんが卵の話をすると、みゆきちゃんは「お母さんツバメが卵を温めてるんやから、静かにしないとね」とクラスのみんなに言います。

しばらくして4匹のひなが生まれました。さかんにピッピッと鳴きます。親ツバメは忙しく飛び交い、えさを捕ってきてはひなの口に入れてやります。

＊

6月下旬、事件が起きました。1匹のひなが巣からテラスに落ちたのです。保育士さんの一人が「人間が巣に戻したらだめだって聞いたよ」と言うので、子どもたちはわらやぼろ布を入れたかごを作り、その中にひなを入れました。

子どもたちは「ピーちゃん、かわいそう」「お父さん、ピーちゃんが落ちたよ。連れてってあげて」。巣から落ちたひなは、いつの間にかピーちゃんと呼ばれています。

子どもたちは「先生、ピーちゃんは何を食べるの」と尋ねます。保育士さんは「ミミズかな」と言うと、園庭の畑に走って行ってミミズを捕ってきます。

＊

それから毎日、子どもたちはミミズを捕って与えました。夜は猫に襲われないよう、保育士さんが囲いを作って守りました。

しばらくして、ひなはかごから出て、テラスの上をピョンピョンと歩き回るようになりました。親ツバメもテラスに降りてきて、ひなの様子を見ているようです。「ピーちゃん、がんばって」。子どもたちのかけ声に応えるかのように、ピーちゃんはピョンピョンと元気に跳び回ります。

7月に入って数日後のことでした。子どもたちが2時間ほど散歩して帰ってきた時、ピーちゃんがいなくなっていたのです。親ツバメも、巣の中の子ツバメも消えています。保育士さんは一瞬、何かに襲われたのではないかと思ったそうです。でも、子どもたちはいい方に考えていました。

「ツバメさん、南の島へ飛んでったんや」「ピーちゃんも、ミミズ食べて飛べるようになったからや」「ピーちゃん、さよならー」

＊

それから1週間後。「ピーちゃん、飛んどったで。私、会ったもん」とみゆきちゃんが話しました。「ピーちゃん、どうしてるかな」

自然の営みの中には、子どもたちが育つための教材がいくつも隠れています。子どもたちの心には、小さな命と向き合った日のことが深く刻まれたようですね。

卒園式

卒園式や卒業式の季節になると、いつも思い出すことがあります。情緒が不安定で、泣いたりわめいたりする晴雄君のことです。

＊

入園当初から晴雄君は、気に入らないことがあると、すぐに暴れました。近くの子をたたいたり、女の子の髪の毛を引っ張ったりするのです。それで保育園の行事や活動がたびたび中断しました。クラスの子どもたちも晴雄君を受け入れることができません。私自身もどう対処していいか悩みました。

ある日、思い切って子どもたちに助けを求めました。「晴雄君をみんなと一緒に小学校へ行けるようにして上げたいの。先生一人ではだめなんや。みんな助けてくれるかな」

それ以来、子どもたちは変わっていきました。何事にも意欲を見せず消極的だった子、自分の考えを抑えて我慢している子、わがままな子……。そういう子どもたちが晴雄君にどうかかわればいいか考えるようになったのです。

晴雄君から逃げるのではなく、積極的にかかわってくれるようになりました。晴雄君も、クラスの子どもたちが自分のことを受け入れ始めていることを感じ取ったのか、少しずつ落ち着いていきました。

*

卒園式の日。私は晴雄君が1時間余り、じっと座っていられるかどうか心配でした。式の間、両隣に座った正君と直樹君が晴雄君と手をつないだり、晴雄君の背中に手を回したりしています。背中をなでられたり、ひざに手を置いてやったりすると落ち着くのです。晴雄君がむずむずしだすと、耳元で何やら小声で話しかけています。まるで弟に接しているようでした。

正君が先に卒業証書を受け取って席に戻り、晴雄君の肩を軽くたたきました。次は晴雄君です。名前を呼ばれると「はい」と元気に返事ができました。他の子どもたちも見守ります。晴雄君は園長先生の前まで行き、証書を両手で受け取りました。ニコニコしながら、証書を抱えて席に戻りました。その後のお別れの言葉や歌もみんなと一緒にできました。

式の後、部屋では「これで晴雄君も一緒に小学校行けるなあ」と言って、みんなで喜び合いました。参列したお母さんの一人は「晴雄君が証書を受け取った時、涙が出てきました」と話してくれました。

＊

晴雄君たちが小学校に入学した日、式の後に数人のお母さんが立ち寄ってくれました。「晴雄君、しっかり手を挙げて返事できたよ」。我が子のことでなく、晴雄君のことを伝えに来てくれたのでした。

晴雄君がいたことで、クラスが一つにまとまり、周りの子どもたちも大きく育ちました。晴雄君やクラスの子どもたちが証書を受け取る間、私は涙が止まりませんでした。

10代のこころ

＊卒園後もなかなか大変！

気づかなくて、ごめんよ

先日、うれしい来客がありました。正之君のお母さんの松本さんです。正之君が医療機器を扱う臨床工学技士として大阪の病院に就職し、初めての給料でネックレスを買ってくれたそうです。

＊

私が正之君と初めて会ったのは、正之君が小学校4年の時です。正之君はお父さんに毎日キャッチボールをせがむほど野球が好きでした。それなのに「野球クラブに入らへん」と言い張っていたのです。正之君の学校では4年生になると、男の子のほとんどが野球クラブに入っていました。

それで松本さんは正之君を連れて私の家に相談にきたのです。しばらく話をしたところで「おばちゃんとキャッチボールをしようか」と言うと、正之君は「うん」と言って、ポケットから軟式野球のボールを取り出しました。

早速、近くの広場に行ってキャッチボールをしました。「うわー、すごいじょうず」。私がほめればほめるほど、正之君は勢いよくボールを投げ返してきます。私の手は赤く腫れ上がっていったけど、正之君の笑顔を見るのがうれしくて30分以上続けました。最後に正之君は「おばちゃん、ぼく野球クラブに入るよ」と約束してくれました。

＊

ところが、6年の時です。修学旅行の後に担任の先生が報告してくれた話によると、旅行の前に班分けをした時、正之君はどの班にも入れてもらえませんでした。先生はクラスのみんなに「仲間はずれはいけない」と諭して、班に入れさせたというのです。

松本さんが正之君に「一人でつらい思いをしとったんやな」と言うと、正之君は3年の終わりに転校してきて以来、何度もキャッチボールの仲間に入れてもらえなかったり、自転車のタイヤの空気を抜かれたりしたと話しました。松本さんは「気づかなくて、ごめんよ」と言って正之君を抱きしめ、一緒に泣きました。

その時、松本さんは「自分が強く生きなければ」と思い、しばらくして介護福祉士などの資格を取ろうと勉強を始めました。その後、母の頑張っている姿を見た正之君は家事を手伝うようになり、クラスで自分の意見をしっかり言えるようになりました。

＊

1年後、松本さんは資格を取り、福祉施設で働きだしました。お年寄りに感謝された喜びを何度も話すうち、正之君は「僕も人が喜んでくれる仕事につきたい」と言うようになりました。そして高校卒業後、専門学校に進み、夢をかなえたのです。

松本さんは言います。「いじめなんてあわない方がいいに決まっている。でも乗り越えた今だから言える。つらく悔しい思いをする中で、親も子も精いっぱい生きる道筋を考えたんよ。悲しい体験をした人は人に優しいと言うけど、正之なら患者さんのつらさをわかってやれると思う」

学校に行きたくない

友人の山田さんは自慢の息子さんの話をする時、いつも「あの先生がいて下さったから」と話します。

次男の正夫君はスポーツが好きで、小学3年の時から少年野球チームに入り、練習に励んでいました。

5年生になった時は「ぼく、担任の関口先生のこと、好きやねん」と言って、勉強も野球も夜遅くまで頑張っていました。

＊

5月初め、正夫君のチームは野球大会で準決勝に進みました。ところが、正夫君の送球ミスが原因で負けてしまったのです。

数日後、正夫君は「学校に行きたくない」「おなかが痛い」と言って、部屋から出てこなくなりました。「学校へ行きなさい」としかりつけても言うことを聞きません。山田さんは仕事があるため、母親に任せて出かけました。

正夫君は次の日も次の日も学校に行こうとしませんでした。山田さんが無理やり車に乗せて学校へ連れていくと、1時間もたたないうちに泣きながら帰ってきました。同居していた父親からは「お前の子育てが悪い」と言われ、山田さんは正夫君の気持ちを考えるどころか、自分がどうしていいのかさえ分からなくなりました。

＊

そんな時、関口先生が自転車で訪ねてきてくれました。正夫君の部屋に入り、寝ている正夫君のそばで横になり、静かに言葉をかけてくれました。すぐに学校に連れ戻そうとせず、正夫君の気持ちが楽になるよう、遊びのことや楽しかった思い出などを話したそうです。山田さんには「お母さん。上から押しつけて言わないで。同じ目線で話しかけてやって」と助言してくれました。

関口先生は何度も自転車で訪ねてきてくれました。ある時、関口先生から「何かほしい物はあるか」と聞かれた正夫君は「プラモデルがほしい」と答えました。すると、関口先生は正夫君を連れておもちゃ屋さんまで買いに行きました。そうやって正夫君を外に連れ出してくれたのです。

＊

関口先生が来るたびに、正夫君は少しずつ元気になり、夏休みの登校日から学校に行けるようになりました。山田さんも変わりました。子どもたちの短所を見つけてしかることより、長所を見つけてほめることを心がけたそうです。

そして正夫君は2学期から、元気に登校するようになりました。山田さんは「学校に行けることが、あんなにうれしいと思ったことはありません」と振り返ります。

その後、正夫君は中学校で学級委員長になり、高校では生徒会長に立候補して当選しました。その正夫君も今や一児の父親です。

＊

「正夫君、よう頑張ったもんな」「頑張ったから、しんどいよな」。そんな言葉をかけながら、関口先生は正夫君の心に寄り添い、学校に戻ってくることを信じて待って下さったのだと思います。関口先生のおかげで、正夫君も山田さんも成長することができたのですね。

今日もしかってしまった

「近くまで来たので先生に会いに来ました」

突然、こう言って訪ねてきた青年は、保育園の時の教え子、あきら君でした。

私は「あきら君に会ったら謝りたい」と、ずっと気にかけてきました。というのも、あきら君の担任の時、毎日のように叱っていたからです。

勝ち気だったあきら君は自分の思いを押し通すので、いつもトラブルを起こしていました。

「良いところを見つけてあげよう」「あきら君の気持ちに寄り添って、思いを受け止めてやりたい」

こう考えているのに、「今日もまた叱ってしまった」という繰り返しが卒園まで続きました。

それで、あきら君が私を恨んでいるのではないかと気になっていたのです。

小学6年生の春休みに、あきら君と町で偶然会ったことがありました。あきら君は、走り寄ってきて「先生や。僕な中学生になるんやで」と言って、にこにこしています。

私が「おめでとう。あきら君に会えてうれしい」と言うと、「僕、中学へ行ってがんばるからな」と元気に話してくれました。

「私のこと恨んでなかったんや」とほっとした気持ちになりました。でも、その時、「叱ってばかりでごめんね」と言えませんでした。

そのあきら君が大人になって今、目の前にいるのです。

私は思い切って言いました。「保育園の時、あきら君の気持ちを分かってあげず、叱ってばかりいて、ごめんね」

あきら君は何を言っているのという顔で話しました。「えっ、先生。怒れへんかったよ。いつもにこにこして、やさしい先生やった。小、中、高とたくさんの先生に出会ったけど、一番心に残っているのは先生やねんで。そやからこうして会いに来たんやんか」

これまで引っかかっていた胸のつっかえが一瞬のうちに消え去りました。

「先生、僕、彼女いるねん。もうすぐ結婚する。それも報告したかったし」

教え子であれ、我が子であれ、子どもを叱るというのは、とてもエネルギーがいる行為です。叱るためには、その子に対する愛情と、責任を持って接する心構えが必要です。

その子と真剣に向き合って叱るならば、それは必ず通じるし、叱られた思い出は年月がたつと、その子の心の中で、やさしさに変わっていくのだと、あきら君が実証してくれました。

＊

大人の側の都合で感情のおもむくままに叱るなら、それは恨みに変わっていくでしょう。

子どもの心の中で、恨みに変化する叱り方もあれば、やさしさに変わる叱り方もあると思うのです。

ずっと友達でいたい

神戸で2人の子を育てているお母さんから電話がありました。幼稚園の頃、いじめられたことがトラウマ（心的外傷）状態となり、我が子が登校を嫌がったりいじめられていると聞いたりすると、過剰反応して不安になってしまい、そのつど私に電話してきます。

電話の内容は、長男で小学6年の誠也君のことでした。仲良くしていた中山君が、テレビCMで流れるマヨネーズ会社の「たらこ」の歌を替え歌にして、誠也君のそばかすのことを歌うのだそうです。他の子も面白がって歌うので、お母さんに「つらい」と打ち明けたのでした。

お母さんは担任の先生に相談したそうです。先生から「中山君は悪気があってする子じゃない」と言われたのですが、納得できず私に電話してきました。

＊

私は思いきって担任の先生に電話しました。先生は快く学校の様子を話してくれました。先生は何か起きた時、大人が安易に白黒をつけず、子どもに考える機会を与える方針でいるとのことでした。

私は誠也君と直接、電話で話すことにしました。「誠也君は友達が悲しむことや嫌がることをしてはいけないこと知っているよね。でも、中山君は誠也君が嫌がっていることが分からないのよ、きっと」「勇気を出して中山君に嫌なんだと言おうよ。中山君とずっと友達でいたいこともね」

誠也君は「うん、ぼく明日、言ってみる」と言ってくれました。

翌朝、誠也君が先生に相談すると、先生は「誠也君が言ってもやめない時は、先生も一緒に言うから」と言ってくれたそうです。

＊

でも、誠也君は次の日もその次の日も言えませんでした。お母さんには「明日、塾で言うから」「替え歌を歌われても、ちょっとだけ平気になってきたよ。だからぼくのためでなく、中山君のために言うつもり」「もし言えなかったら、先生に言ってもらう」と話したそうです。

誠也君は4、5日の間にずいぶんたくましくなったようでした。

その後、お母さんから、うれしい電話がかかってきました。クラスの子どもたちが誠也君が嫌がっているのに気づき、先生に言ったところ、先生は中山君に「中山君が楽しいことでも誠也君は傷ついていたんだよ」と言ったそうです。

中山君から謝ってもらった誠也君は、その日の夜、お母さんに代わって晩ご飯のおかずを作ってくれたとのことです。

＊

子どもたちの間で起きるトラブルは、人として育つための学びの場のような気がします。周囲の大人がどうかかわり、どう助言するかも大事です。大人はすぐに結果を求めがちですが、子どもたちはトラブルを乗り越えるプロセスの中で葛藤し、育ちます。子どもの心に寄り添ったお母さんと子どもたちを信頼した先生の辛抱強い対応が、良い方向に向かわせたのですね。

息抜きの場所

私の知り合いの沢田さんは、家の近くの道を通る中学生たちに毎朝夕、「行ってらっしゃい」「お帰り」と声をかけていました。30人ぐらいが自転車で通っていたそうです。

夏の暑い日の夕暮れ。男子生徒が汗びっしょりになって、自転車を押しながら帰ってきました。自転車に乗った数人の生徒は止まって、その子が追いつくのを待っています。

「どないしたん?」と聞くと、「自転車の空気抜かれたんや」「山田君が一番ひどいんや」

「いたずらするやつがおんねん」と言います。

「そりゃかわいそうに」。沢田さんは夫も呼び、手押しの空気ポンプを使って順番に数台の自転車に空気を入れてあげました。

「おばちゃん、ありがとう」。中学生たちはきちんとあいさつして帰っていきました。

そんなことがあってから、中学生たちは時々、沢田さんの姿を見ると、自転車を止めて立ち寄るようになりました。冷たい麦茶をごちそうすると、「わー、おいしいわ」と喜び、沢田さんが飼っている犬のマフィーの相手をして帰っていきます。

自転車を止めない時でも、「おばちゃん」「マフィー」と声をかけ、手を振って通るのです。沢田さんの家は、学校まで自転車で50分かかる通学路の中ほどにあります。自転車へのいたずらがきっかけで、そこが中学生たちの息抜きの場所になったのです。

翌年の3月。立ち寄った中学生たちが言いました。「僕ら、もうすぐ卒業や。もうこの道は通らへんので、ありがとうを言いにきたんや」

「そうかい、おめでとう。おばちゃん、ちょっと寂しいけど、高校へ行っても頑張りや」

「またマフィーとおばちゃんに会いにくるわ。元気にしとってや」

沢田さんが、「あんたら、ええ子やなあ。きっと、お父さん、お母さんも素晴らしい人やろな」と言うと、中学生たちはにっこり笑ったそうです。

「どこの家の子か知らん中学生に元気と感動をもろたんよ」。沢田さんは私にうれしそうに話してくれました。

*

自転車にいたずらされた中学生は、沢田さんに出会ったことで「世の中には、いたずらする人もいるけれど、助けてくれる人もいるんだ」と思い、心が救われたのではないでしょうか。

いろんな人に出会うことで心が動く。時には傷つくこともあるけれど、励まされたり、うれしい気持ちになったり、感動したりすることもあります。これは人が人として育つために欠かせないことです。そして助け合い、支え合い、学び合う中で、人と人との絆《きずな》が生まれるのですね。

おせっかい

山本さんは、ある中学校の近くで洋服店を経営しています。毎朝、店の前の道を通って登校する中学生を見守るため、店先に立っています。

「『おはよう』って声をかけると、中学生もちゃんと『おはよう』って返してくれるんよ」と山本さんは言います。

「返ってこない時は、『しんどいんやな』と思って、次の日も『おはよう』って声をかける。3日目ぐらいで、返事してくれるようになるんよ」

＊

時には、授業がもう始まっている時間に登校してくる生徒も見かけます。山本さんは「何か事情があるのかな」と思い、そんな子にあえて声をかけます。

ある朝、かなり遅刻してきた男子生徒に「学校、休まんとえらいな。行ってらっしゃい」

と声をかけました。

ところが、その生徒は30分もしないうちに中学校から出てきたのです。山本さんの顔を見ると「担任の先生にいいね（帰れ）って言われた」と言って唇をかみしめました。山本さんは「明日はもうちょっと早く登校しようよ。負けたらあかんよ」と励ましてあげました。

＊

ある日、山本さんは中学校の裏でたばこを吸っている男子生徒を見かけました。「なんでたばこなんか吸うの」と聞くと、生徒は「しんどくて吸わんとおれん」と言います。山本さんは「しんどいこと、いっぱいあるねんな。それでもたばこを吸うたら、体に悪いよってな。あんまり吸わん方がええよ」と話しました。親でも先生でもない山本さんが言えるのは、そこまでです。

そうしたら、その生徒はうつむいたまま、「おばちゃん、ありがとう」と言って学校に戻っていったそうです。

＊

山本さんは私に「今の中学生も優しくていい子ばかりよ」と言います。

たばこを吸う子や、つめにマニキュアを塗っている子を見かけると、「心が寂しいんと違うかな」と思うそうです。

「子どもは宝。みんなで守り育てないとね。親でなくても、自分のことを気にかけてくれたり、案じてくれたりする人がいたら、立ち直れるような気がするんよ。だから私も、おせっかいおばさんになろうと思っているの」

＊

山本さんのようなおせっかいなおばさんやおじさんが、いっぱいいるといいですね。

一人の人間として

先月、徳島県内の図書館で講演した時のことです。講演の後、森田さんという副館長の女性が涙ながらに謝辞を述べられました。

「私は以前、『あなたは直球しか投げられない』と人から言われました。でも今日、『届かないボールだって投げていいんだよ』と話されたのを聞き、心が楽になりました」

40代半ばの森田さんは中学校で22年間、教師をした後、人事異動で図書館に来ていました。森田さんの涙が気になり、後日、電話でお話を伺いました。

「私、泣き虫なんです。感動したり感情が高ぶったりすると、涙がすぐに出るんですよ」。森田さんは教師時代のことをいろいろ話してくれました。「生徒と気持ちがうまく通じ合わず、辞めたいと思ったことが何万回もあります」

＊

教師になったばかりの頃。３人の男子生徒が、一人の生徒を取り囲んでいじめていました。それを見た森田さんは「許せない」と思い、３人をきつく叱りました。涙をぽろぽろ流しながら、３人を夢中でたたいたそうです。

その日の夕方。いじめられた生徒の家を訪ねると、その生徒は「先生が怒ってくれてうれしかった」と言ってくれました。いじめた生徒たちの家に行くと、いずれも複雑な家庭環境の中でイライラが募っていたことが分かりました。それがいじめの遠因になっているようでしたが、生徒たちには「鬱憤《うっぷん》を他人に向けることは許されない」と話したとのことです。

森田さんは言います。「生徒たちをたたいた時、私は教師ではなかったのかもしれません。でも、一人の人間として、こみ上げてくるものを抑えることができなかったのです」

＊

私は森田さんの話を聞き、私が叱られた生徒だったらと想像しました。泣きながら真剣に自分にかかわってくれる先生のことは、一生忘れないだろうなと思いました。たたかれたことも先生に愛された思い出として、心に深く刻まれたと思います。

子どもは年齢にかかわらず、愛情を持って叱ってくれたのかどうかを五感を使って見抜くものです。

＊

森田さんは今、「図書館は私にとって発見と学びの場になりました」と言います。「これまでたくさんの人の支えや助けがあって教師を続けてきましたが、学校とは別の世界から教師生活を振り返る時間を持てたことが、何よりうれしいです」

＊

自分が歩んできた道を振り返ることは、とても大切なことだと思います。階段の踊り場で立ち止まり、呼吸を整えることで、人は再び力強く階段を上がっていけるのではないでしょうか。

森田さんからは、もっとたくさんのお話を伺いたくなりました。

初　恋

「うちの子、好きな子できたんよ」。知人の上田さんが私の顔を見るなり話し始めました。上田さんの一人娘のあやちゃんは中学2年生です。

＊

上田さんは「家にクラスの集合写真があったので、私が『どの子なの』って聞いたら、あやはちゃんと教えてくれたんよ」と、そのときのことを話してくれました。「おもしろがって『隣の子の方が男前やな』と言うと、あやは『何言うとんの。私は顔で選んだんやない。性格がいいのよ。部活動でがんばってるんや』と言い返してきたんよ」

「『あやはえらいな。性格で選ぶなんて』と言うと、まんざらでもなさそうで、『まあな』と言って笑ってたわ」

上田さんは「ひょっとしたら片思いかもと思ったけど、うれしかった。人を好きになるってことは大事なことやもんね」と言います。「これから先、いろんな人を好きになり、失恋も経験すると思う。母親の私にどこまで話してくれるか分からんけど、しっかり聞いてやりたいと思う。親が手出しできることは何もないけど、あやの喜びにも悲しみにも付き合ってやりたいんよ」

＊

上田さんはあやちゃんが赤ちゃんの時から、あやちゃんの心を受け止めてあげてたんでしょうね。だからこそ、思春期になっても母親に何でも話せる関係が続いているんでしょうね。

私は2人の娘を育てましたが、私自身は娘たちの話をどれだけ聞いてやれただろうかと思います。

「勉強してる？」「早く早く」と一方的に言うだけだったのではないかと思い返します。それでも中学生の時、どうしても注意しなければならないことがあったので、夜中の2時ごろまで、娘の思いを十分に聞き、話し合ったことがあります。2人の娘にそれぞれ2度ずつぐらいありました。そのとき、親子の信頼がさらに深まったような気がするのです。

＊

大人から見て、くだらないと思う話でも、子どもにとっては重要な話かもしれません。幼い頃から話を聞いてやる習慣があれば、子どもの心の動きにも気づくはずです。説教する大人より、話を聞いてくれる大人がそばにいてこそ、子どもたちは自分自身で考えることを覚え、思春期の峠を一つずつ乗り越えていけるのではと思うのです。

学校を休んだ日

私の年下の友達に中学3年の真紀ちゃんがいます。先日、修学旅行で東京に行った時のお土産を持ってきてくれました。そして真紀ちゃんは話しだしました。「私、お母さんに話を聞いてもらえなかったら、修学旅行に行ってなかったかもしれないの」

＊

真紀ちゃんは今年初め、学校を休みました。中学2年の3学期になってクラスの中が騒がしくなり、ささいなことで言い争う生徒が増えたそうです。先生が大声で注意するのを聞いているうち、自分が叱られてもいないのに胸が苦しくなり、その場から逃げ出したくなったといいます。

そんな時、数人の友達から「真紀はうざい」とか「きもい」とか言われました。「何でそんなこと言うのよ」と言い返したら、「冗談やのに、何マジで怒っとんのよ」「真紀、おかしいよ」と笑われ、泣きたくなったそうです。

＊

次の日。真紀ちゃんは学校に行く気になれませんでした。「頭が痛いから、今日は学校を休む」と言うと、お母さんは何も聞かずに「休んだらいいよ」と言ってくれました。

その次の日。「頭がまだ痛いから今日も休む」と言うと、今度は「しんどいことあるんやったら、言うたらええねんで」と言ってくれたのです。

真紀ちゃんがクラスの雰囲気や友達にからかわれたことを話しだすと、お母さんは目の前に座り、耳を傾けてくれました。途中で涙があふれて言葉が出なくなっても、じっと待って最後まで聞いてくれました。

お母さんは「全部、話した？　真紀の気持ちよう分かるわ。お母さんは真紀の味方やで」と言って肩をポンポンとたたいてくれたそうです。泣けるだけ泣き、話せるだけ話して、真紀ちゃんは心がすっきりしたといいます。

＊

3日目の朝。「もう1日休む」と言った時には、「これ以上休んだら、だめになる。甘えたらアカン」「真紀なら頑張れるやろ」と諭されました。真紀ちゃんは「明日は必ず行く」

と約束しました。

4日目に登校した時。真紀ちゃんをからかった友達が「真紀、ごめん。3日も休んだから心配しとったんよ」「良かった。学校に来てくれて」と言って駆け寄ってきてくれました。

それから真紀ちゃんは学校を休むことがなくなりました。友達との関係も良くなり、修学旅行では楽しい思い出をいっぱい作ってきたそうです。

*

大人は子どもの表面的な行動だけを見て、最後まで話を聞かずに説教をしてしまいがちです。でも説教ではなく、子どもの抱えている悩みや思いを聞いて「つらかったね」「頑張ったんやね」と共感し、受け止めてあげてほしいのです。それらのことが、子どもたちにとって目の前の困難を乗り越えるための勇気やエネルギーになるような気がします。

生き方を測るものさし

「京都に住む息子の所に行ってきたんよ」と友人から電話がありました。息子さんの明君は今春、京都の会社に就職し、元気で働いているとのことでした。

＊

明君は中学3年の時、いじめに遭っていました。毎日のように呼び出され、使い走りのようなことをさせられていたのです。

明君は幼い時から必要なこと以外は話さない子でした。自己主張をすることもほとんどありません。兄に逆らってケンカしたり、物を取り合ったりすることもなかったのです。友人は明君の性格をとても気にして、「自分の思っていることをはっきり言わな」とよく言っていました。

呼び出しが深夜になることもありました。深夜の外出が続いたため、友人が問いただしたところ、明君は同級生らにいじめられていることを打ち明けました。言うことを聞かないと、ひどい目に遭わされるというのです。

その後、友人は学校に相談したり、同級生らの母親たちと話し合ったりして、いじめをやめさせることに成功しました。そして、明君は約2ヵ月後、無事に中学を卒業しました。

＊

ところが、明君は高校の入学式に行った翌日から学校へ行こうとしなくなり、部屋に閉じこもってしまいました。「いじめっ子たちにどこかで会ったら」という恐怖感が心を縛っていたようなのです。

友人は学校や知人に相談しましたが、解決策が見つかりませんでした。そんな時、京都にいる知人が「私の家に下宿させて、京都の高校へ通わせたらいいよ」と言ってくれたのです。知人の言葉を聞いた明君は「ぼく、京都に行く」と即答したそうです。

転校の手続きも順調に進み、明君は知人の家から高校に通うようになりました。しばらくして新聞配達のアルバイトも始めました。毎朝5時に起きて朝刊を配る仕事を卒業するまで続けたのです。

友人は「京都に行くたびに、たくましくなっている息子を見るのが、とてもうれしかった」と言います。新聞販売所の社長さんにお礼を言うと、社長さんが「こっちが助かっているんです。ええ息子さんですよ」と言ってくれたので、涙があふれてきたそうです。明君が高校3年になった時、友人は大学進学を勧めました。でも明君は「大学の勉強が必要だと思ったら、その時に考える」と言って進学より就職を選びました。

＊

友人は「息子に生き方を測るものさしを増やしてもらった気がする」と言います。「自分の短いものさしで子どもを測り、自分の考えを押し付けて、子どもの可能性をつぶしていたのかもしれへん。はっきりと言わないのも、息子の表現方法やったんよな。だから、こうあらねばならないという考えを捨てることにしたの。だってものさしを長くした方が楽しいから」

いじめ

神戸市に住む中学3年の正広君が、つらい体験を話してくれました。

正広君は中学校に入学後、テニス部に入りました。5月に入り、勉強も部活も楽しくなりかけていた頃のことです。同じクラスで部活も一緒のF君が、正広君の顔を動物にたとえてからかったり、すれ違いざまに「アホ」と言ったりしてきたのです。友達に相談すると「気にすんな。ほっとけ」と励ましてくれました。

それでもF君の嫌がらせはおさまりません。ある日、F君はテニスの練習場所について、正広君にだけ違う場所を教えました。集合時間になっても誰も来ないため、不審に思った正広君が本当の場所を探して行くと、F君は「お前が間違えて聞いたからや」と言って笑っていました。

＊

正広君は部活をやめようかと思いましたが、両親には黙っていました。「親に心配をかけたくないし、いじめられていることが親に知られるのが悔しかったから」と言います。でも、正広君は塾の先生には詳しく報告していました。塾の先生は正広君が話したことを全部記録していたそうです。

そのうち、正広君に元気がないのに気づいたお母さんが「学校でいやなことでもあるのと違う」と何度も聞いてきました。そのたびに正広君は「何もない」と答えていました。

お母さんは塾の先生に相談しました。そして、いじめられていることを聞き出し、お父さんに伝えました。その日の夜、お父さんは正広君の部屋に入って話しかけました。「しんどいことがあるんやったら、お父さんに話してくれへんか。楽になるぞ」

正広君はF君のことを話した後、「ぼく、負けへん。一人で何とかするよって、お母さんには言わんといて」と言いました。

＊

翌日、お母さんは正広君に内緒で担任の先生に会いに行ったそうです。それを知った正広君は「何すんのや。ぼく学校へ行けへん」と言って反発しました。

お母さんも必死でした。担任や塾の先生と相談したうえで、F君の母親に電話をかけました。F君の母親からは「知らせてくれて、ありがとうございます」と言ってもらえたそうです。

電話の後、お母さんは正広君にこんな話をしました。「F君のお母さんもつらいと思うよ。正広がよその子をいじめていると聞いたら、お母さんは悲しいもの。F君のお母さん、きっと分かってくれたと思う」

＊

正広君は言います。「母は強いなあと思う。両親や先生、友達がいたから、つらいことも乗り越えられた」

正広君は今、デザイナーになることをめざして元気に中学校に通っています。「つらかったのに何でがんばれたの」と私が聞くと、笑顔で答えてくれました。「ぼく、夢があるから」

しらんぷり

「私、中学校の時、いじめにあっていたのよ」。高校2年生の林さんが話し始めました。「廊下を歩いていたら、すれ違いざまに足を蹴飛ばしていったり、私の分だけ給食がなかったり、後ろからとがった物で突かれたりしたんよ」

それでも林さんは中学校を一日も休まなかったと言います。友人の森田さんが「何で頑張れたの」と尋ねると、「私の横にいつも友達がいてくれたから」と答えます。「親には言わなかったん」と聞くと「うん、心配かけたくなかったから」と言いました。

林さんは言います。「いじめられたこと、今日初めて話すことができた。なんや、ちょっとだけ心が軽くなった気がする」

＊

原口さんも話し始めました。「私の中学校でもいじめがあったわ。いじめられていた子を助けてやれなかった。かかわったら、自分がいじめられると思ったから」

3人に私は、自分が中学生の頃、短期間だったけど、クラスの子に無視された話をしました。私が落とした消しゴムを拾ってくれた子がいて、その行為にすごく勇気づけられたことを話しました。

私の話の後、原口さんは言いました。「逃げたら、いじめるのと同じやねんな。どんな方法でもいい、『あなたのことを気にかけているよ』というメッセージを送ってやれば良かったんやな」

＊

高校生たちの話を聞いて、いじめ問題を取り上げた絵本のことを思い出しました。97年度日本絵本大賞を受賞した『しらんぷり』（梅田俊作、佳子作・絵、ポプラ社）です。

主人公は小学6年生のぼくです。同じクラスのドンチャンが4人組からいじめにあっています。でも、ぼくは一生懸命、知らんふりをします。そのうち、4人組はドンチャンに暴力を振るったり、スーパーで万引きをするよう命じたりします。ぼくも万引きの仲間に引き込まれそうになります。そして、ドンチャンは2学期最後の日に転校していきました。

卒業式のリハーサルの日、ぼくは突然、いすの上に立ち……。

いじめに巻き込まれていく少年の苦悩が読み手の心を揺さぶってくる長編絵本です。

＊

いじめは、いじめられた子も、いじめっ子も、知らんふりして見てた子も、心に傷を残します。

いじめに対して、見て見ぬふりをして逃げてはいないでしょうか。今この時も、いじめにあって誰にも話せずに苦しんでいる子が私たちの近くにいるのでは、と心が痛みます。

それに気づいてやれる大人になりたいものです。

ものづくりを通して

冬の日の午後。日だまりを見ていると、保育所の庭で土団子を作っていた子どもたちを思い出します。

土団子は砂と水だけで作る団子です。途中で何度も壊れます。壊れない団子を作るため、子どもたちは自分で考えて工夫し、友達とも情報交換します。

年長組の子が、ピカピカ光る土団子を自慢げに見せて、年下の子に目標を示します。あとは何度失敗してもあきらめないことです。たとえ完成しなくても、作るプロセスが大事なのです。

＊

先日、県外にある高校の家庭科の畑山先生が、ものづくりの大切さを語ってくれました。

以前に勤務していた高校では、自分たちで服を作って発表するファッションショーを開いていたとのことです。

何をさせても投げやりな生徒、家庭環境が複雑で心が寂しそうな生徒、「どうせ私なんか」が口癖の生徒、自己中心的な生徒。いろんな性格の生徒たちが、ものづくりをすると、変わってきます。顔つきや態度が変わり、肯定的な言葉が増えてくるそうです。

投げやりだった生徒が何度もドレスを縫い直しているのを見て、畑山先生は「胸が熱くなった」と言います。

生徒たちはお互いを認めあい支えあい、意見を活発に交わしてデザインを考え、一人1着ずつ服を作りました。ファッションショーを通して、一人ひとりが成長し、それがまた集団の質まで向上させたといいます。

＊

畑山先生は現在勤務している高校でも、ものづくりを体験させたくて、女子生徒たちにティッシュペーパーで、丈が30センチほどのミニチュアのウェディングドレスを作らせました。

最初、生徒たちは「何でそんなんするの」「しんどいことやめて」と不満そうでした。先が見えないことは誰でも敬遠しがちなので、畑山先生は、ファッション雑誌を見せました。まずイメージ作りです。そして段ボール紙を何枚も重ねて、上半身のボディーを作りました。

「わあー、気絶しそうや」。生徒たちは最初わあわあ言っていましたが、すぐにドレス作りに集中し始めました。ティッシュの持つ質感を生かそうと、工夫を重ね、何度もやり直しながら、素晴らしいドレスを作り上げました。

畑山先生の話を聞いていた同僚の先生は「そう言えば、ドレスを作った生徒は、その頃から授業態度が違ってきたようだったわ」と言いました。「ものづくりを通して何かをつかんだのよ、きっと」

＊

土団子が完成した時に、子どもたちが見せた目の輝きと笑顔を、私は再び思い浮かべました。園児や生徒たちは達成感を経験することで、自分を肯定する気持ちが強まり、次の課題に向けても意欲的に挑戦していくことでしょうね。

自分がきらい

数年前になります。阪神間の高校で、約250人の2年生に「生きているからこそ――いつかはきっと」という題で講演しました。

その日は阪神淡路大震災があった日と同じ1月17日でした。神戸市内の専門学校に通っていた私の教え子が、あこがれていた建築関係の仕事に就くことが決まり、夢の実現まであと一歩というところで震災で亡くなったことを話しました。

「今、生きていることだけでも素晴らしいことです」「夢を持ちましょう。失敗は何度したっていい。苦しんだり悩んだりすることが夢を育てる肥やしになるのだから。夢はあきらめない限り実現するのです」「夢を実現するのは自分自身です。その自分の命を大切にし、自分のことを大好きになってほしい」。こんな話もしました。

後日、生徒さんたち全員から礼状を頂きました。その中で、ある女子生徒の手紙が気にかかりました。

「『いつかはきっと』という言葉にはすごい力があるなあと思いました。私は自分がきらいだし、いるだけで害を与えてしまうのなら、居なくなった方がましだとずっと思っていました。人にからかわれたり、笑われたり、つらいことばかりあって、死んだ方が楽なんじゃないかな、私なんて生まれてこない方が良かったと考える事もたくさんありました。今もそう考えています。でも、今日の話の中で、木戸内さんが『ここにいるみんな一人一人にあえて良かった』といってくれたのが本当にうれしくて、泣きそうになりました。私が生きていることを、ちゃんと認めてくれる人がいるんだなと思いました。それだけで生きている意味があるのかな……とちょっと思いました。これからは『いつかきっと』って信じていきたいなあと思いました」（原文のまま）

死にたいとの言葉に驚き、すぐ高校の先生に「気をつけてあげてほしい」と電話しました。

＊

4ヵ月ぐらいたった頃、先生から、3年になった女子生徒が医療の道をめざして勉強しているとのうれしい報告を受けました。

ほかの生徒さんたちの手紙からも、心を開いて書いてくれているのが伝わってきました。

「僕たちのこと信じてくれているのがうれしい」「説教じゃなく、自分で考えさせられる話で良かった」などの文章とともに、自分の未来を語ってくれていました。自分をしっかり見つめて生きている高校生の姿に触れて、胸が熱くなりました。

最近、高校生をめぐる事件が相次ぎ、「今の高校生は……」と悪く言う人もいます。でも、私は高校生のみなさん一人ひとりを信じます。子どもたちと真剣に向き合い、語り合うなら、子どもたちは心を開きます。大人に守られ、愛されていることを確信した子どもたちは、夢や目標に向かい、希望を持って前進できるのだと思います。

震災

毎年1月17日になると、私は教え子だった畑田洋一君を思い出します。

神戸市のデザイン専門学校に通っていた洋一君は阪神淡路大震災の日、下宿先のアパートで被災しました。デザイン会社への就職が内定し、喜んでいた矢先でした。

＊

保育所の頃の洋一君は、名前を呼ぶと、いつも「はーい」と大きな声で返事をしてくれる子でした。人なつこい笑顔がかわいらしく、ちょっとひょうきんだったので、クラスの人気者でした。

折り紙が大好きで、夢中になると、机の上に並びきれないくらいたくさんの動物や乗り物の折り紙を作っていました。そして、折り紙を友達に惜しげもなく与えていました。

絵を描くのも大好きでした。お父さんの絵を描いた時、大きく描きすぎて、画用紙からはみ出しそうなので、紙を張り足してやったこともありました。その時に描いた絵は高校生の頃まで、自宅に飾ってあったそうです。

あの頃の洋一君の笑顔は何年たっても私の頭から消えません。

＊

私は今年も、お花を持って洋一君が生まれ育った南あわじ市の実家を訪ねました。洋一君のお母さんとおばあちゃんは思い出の品を部屋に並べて、待っていてくれました。そして洋一君のことを忘れずに語ってあげることが供養だと思い、3人で思い出話をしました。

＊

あの日の朝、洋一君は神戸市東灘区の2階建てアパートの1階で寝ていました。激しい揺れによって建物が崩れ、天井の下敷きになって圧死しました。その後、遺体は市内の仮安置所に運ばれました。搬送先がなかなか分からず、ご両親が対面できたのは震災から4日後のことでした。

がれきになった部屋からは、たくさんの絵や写真に交じって、エレキギターが見つかりました。「音楽は苦手だったはずのあの子がギターを弾いていたなんて」とお母さんは言います。

「震災からしばらくして、たくさんの友達が訪ねてきてくれたのよ。そして、あの子のいいところを口々に語ってくれたの」

内定していた会社の社長さん夫妻も「いい子が入社してくれると喜んでいたのに」と言って、作りかけのデザイン図を持って来てくれたそうです。

「亡くなって、私の知らなかった洋一の一面が見えたの」

＊

お母さんとおばあちゃんは洋一君が小学生や中学生だった頃のことも話してくれました。そして2人は言いました。「いつまでも泣いていたら、あの子が浮かばれへん。あの子は夢がかなう一歩手前で天国へ旅立ったけど、生きていればこそのいつかはきっとよね。若い人たちは自分の命を大事にして、夢をかなえてほしい」

部活やめたい

徳島県に住む友人が、高校生の娘の美香さんのことを話してくれました。昨年の今頃、美香さんがバレーボール部をやめると言い出したそうです。

「部活をしていない友達は学校が終わると買い物やカラオケに行って楽しそうに遊んでいる。なのに私だけ毎日しんどい練習するのはいやや」。美香さんは母にそう話しました。

母は「最後までやり遂げて、高校生活で何か誇れるものを残してほしい」と思い、父は「後悔する。やめた後の生活の想像がつく」と考え、何度も美香さんと話し合いました。でも美香さんは泣きながら「やめたい」と訴え続けました。

母は「嫌なことを続けさせるのが、あの子にとっていいことなのか。夫婦で話し合っても答えが出なかった」と振り返ります。

＊

昨年4月。根負けした母は高校2年に進級した美香さんに「あなたの人生や。思い通りにしたらいい」と本音とは違うことを言いました。その後、美香さんはバレー部の顧問の先生に退部を申し出たのですが、保留にされました。

母が顧問の先生に自分の気持ちを伝えると、先生は「しばらく様子を見ましょう」と言ってくれました。

5月の学級懇談で担任の先生に相談したところ、担任の先生に「ご両親の気持ちを娘さんに言えばいい。何回でも覆したらいい」とアドバイスを受けました。この言葉に勇気づけられた母は、再び美香さんと話し合ったそうです。今度は美香さんが根負けしたのか、「しばらく部活を続ける」と答えてくれました。

*

6月下旬。県大会が近づくにつれ、レギュラーになった美香さんは練習に熱が入るようになりました。試合当日の朝、母が「応援に行く」と言うと、「弱いので来ないで」との返事です。それでも両親は応援に行きました。試合の方は強豪校に負けたものの、粘りのあるいい試合展開でした。

7月に入ったある朝。美香さんは両親に「私、やっぱり部活やるわ。覚悟決めたわ」と告げました。父は驚きを隠して、さりげなく「そうか」と答えました。

美香さんは夏休みの合宿にも参加し、「練習はしんどいけど、仲間と一緒にいるのが楽しい」と話すようになりました。

9月の新人戦では、部員たちの保護者がそろって応援に駆けつける中、チームは次々に勝ち進み、準優勝しました。チームメートと抱き合って喜ぶ美香さんの姿を見て、両親も涙を流して喜び合いました。

＊

学力を重視する風潮がある中、友人夫婦は学力以上に大事なことを美香さんに気づかせることができたのではないでしょうか。

美香さんは、これからも両親に見守られながら、このような体験を積み重ね、生きる道筋を見つけていくことでしょう。

将来の目標

ある日、2人の女子高校生が訪ねてきてくれました。以前、講演で島内のある高校に行った時、知り合いになった2人です。講演では「大学に入ることだけを目標にしないで、その先のやりたいことを見つけると、勉強が楽しくなる」という話をしました。

「聞いてほしいことがあるんです」。2人は言いました。私が「彼氏でもできたの」と聞くと「違うよ。将来の目標を決めたんです」と言って語り始めました。

＊

松本さんは婦人警官になる目標を立てたと言います。

小学校1年の時、横断歩道を渡っていたところ、酒酔い運転の車にはねられ、けがをしたそうです。救急車で病院に運ばれて治療を受けた後、駐在所に行きました。そこで若いお巡りさんに「痛かったね。怖い目にあったんやなあ。いやなことがあったら、いつでもおいで」と、やさしく言ってもらったそうです。そのお巡りさんのことが、ずっと心に残っていたのです。

松本さんは言います。「『そや、私、お巡りさんになりたかったんや』と、つい最近、思ったんよ。町の人たちを守るやさしい警察官に自分もなりたいんです」

＊

岡田さんは、小学校の時に大好きだった担任の先生の話をしてくれました。

学校ではいつも冗談や面白い話をして、笑わしてくれたそうです。青年海外協力隊に参加した時の話では「現地の人は、一つの家族が困っていたら、村の人みんなで助けるんや」「日本から来た中古のバスを何度も修理して、大事に使っているんや」と語っていたそうです。

担任の先生は日頃から、自分が体験したことや感動したことを熱心に話していたのです。

岡田さんは「先生の話はずっと私の心に残っています。話を一つずつ思い出すたび、生きていくうえでとても大事なことを話してくれたんだなと、今も思うんです」と言います。

「あの先生みたいな先生になりたいんです。そのために、子どもたちに語ってやれるような生き方や体験をしなければと思っています。だから、すぐ教師になれなくても、違う仕事をしてからでもいい。でも、教師には必ずなりたいんです」

＊

２人の目はきらきら輝いていました。２人の力強い決意を聞いて、私は力いっぱい拍手を送りました。

「ありがとう。夢はあきらめない限りかなうものよね。人に話すことで、自分自身にも約束したのよ」

子どもたちがあこがれる大人がいる。そして未来に夢を持ち、夢を語れる若者がいる。松本さんと岡田さんの話を聞いて、目の前が明るくなった気がしました。

挫折と絆《きずな》

洲本市から神戸市に行く高速バスの中で、知人の女性と乗り合わせました。これから大学に合格した娘さんの入学式に参加するとのことです。娘さんは高校時代に病気になり、1年浪人して希望の大学に入りました。

＊

高校3年の春のことでした。娘は学校から帰ると、すぐにごろりと横になるようになりました。数日間続くので具合を聞いてみると、「頭が痛くて目が重い。教室で座っているのがしんどい」と言います。

その後、いくつかの病院で診察してもらったのですが、原因が分かりません。午前中だけ授業を受けて、早退するような日が多くなりました。

私はオロオロするばかりでした。「単位が足らないと卒業できないでしょ」と言って娘を無理やり高校に連れていくこともありました。

原因が分かったのは9月に入ってからです。治療を始めましたが、すぐには回復しません。娘は病気でしんどい時、「私、死んでしまうかも」と言って私に泣きついてきました。医師から軽い運動が必要だと言われ、娘との散歩が増えた結果、久しぶりにいろんな話をすることができました。

何とか高校の卒業証書がもらえた時は、うれしくて娘と抱き合って泣きました。でも、大学受験は無理でした。それで「大学に行きたいから浪人させて」という娘の希望を聞いて、予備校に通わせました。

浪人していた間、娘は「病気が治ったら成績は取り戻せるから、心配しないで」と、いつも私に言っていました。そう言うことで自分自身を励ましていたようです。

＊

娘は小学生の時から勉強が好きで、成績はいい方でした。でも病気になってから成績は急降下です。それで娘も私も、どんなに頑張っても思い通りにならないことが世の中にはあるということを痛感しました。

最近になって娘は言っています。「優しくしてくれた友達や先生がいたからこそ、つらい時も乗り越えられた。周りの人たちに支えられて自分は生きているということが分かった」

娘の話を聞いて、私も同じことを学びました。挫折というのも、ある意味、人生にとって必要なんだと思いました。私も親として成長できたようです。そして娘との絆《きずな》も深まった気がします。

＊

知人の娘さんは高校時代、大きなつまずきを体験しました。つまずきが大きければ大きいほど、たくさんの人の支えが必要となります。そこで人は、一人では生きていけないことを学ぶのです。

毎日を一生懸命に生きている限り、人生に無意味なことや無駄なことはないと思います。娘さんには大学で友達をいっぱいつくってもらいたいと願っています。

家族という絆《きずな》

＊姑・父・嫁・孫・娘……

おばあちゃんの役割

お孫さんの話をする時、知り合いの農家の本田さんの笑顔には、幸せがあふれています。息子さん家族は、車で10分ほど離れたマンションに住んでいます。孫のななちゃんは赤ちゃんの頃から、お母さんに連れられて遊びに来ていました。

もうすぐ3歳になるななちゃんは、おばあちゃんが大好きです。お母さんに「行こう、行こう」とねだります。「いい子にしてたらね」と言われると、お母さんの言うことをよく聞くのだそうです。

＊

ある日、おばあちゃんとななちゃんは畑で、かごいっぱいのキュウリを取って帰ってきました。ななちゃんがキュウリを放り投げて遊んでいたところ、折れてしまいました。

それに気付いたお母さんが「おばあちゃんが一生懸命つくったものなのよ」と厳しく叱

りつけたそうです。おばあちゃんは「ここは母親の出番だ」と思い、口をはさむことなく見守っていました。ななちゃんが泣きながら「おばあちゃん、ごめんなさい」と言ってきたので、「食べ物を投げたらあかんな。折れたキュウリもかわいそうやろ。お母さんに怒られてもしゃあないな。次からせんとこな」と言って、涙をふいてやりました。

この日は、叱る人と慰める人の役割分担が、嫁と姑との間で自然にできたそうです。しばらくして、ななちゃんに妹のまみちゃんができました。おばあちゃんがまみちゃんを抱くと、ななちゃんは焼き餅を焼いてすねるそうです。このため、おばあちゃんは後でななちゃんを抱き、「おばあちゃんは、ななちゃんのこと一番好きや」と言います。

まみちゃんが大きくなったら、ななちゃんのいないところで、「まみちゃんが一番好き」と言うつもりでいます。

*

本田さんは私に言います。「嫁は娘と違い、私に気を遣っている。私も嫁に気を遣っている。その気遣いは、孫も幼いながら感じとっていると思うのよ。孫はその積み重ねの中から、これから出会っていく人たちとの距離の取り方を学ぶような気がする」「だから、孫のためにも、お嫁さんが足を運びたくなるようにと心がけている。あくまでも自然体で、無理をせずにね」

＊

人への気遣いとは、相手を思いやるやさしさなのです。大家族の暮らしでは、お互いを思いやる気遣いだけでなく、我慢することも覚えます。今や少なくなっている大家族は、支え合い助け合い、人間として育ち合う場でもあるような気がします。

核家族であっても、本田さんのようにおばあちゃんの役割を果たすなら、人との距離感やコミュニケーションをうまくとれる若者が増えていくのではないでしょうか。今こそ、と思うのです。

父の手紙

父は私が3歳のとき、太平洋戦争の激戦地の一つ、南太平洋のガダルカナル島で戦死しました。写真でしか知らない父でしたが、戦地から母や祖父に送った手紙は、私の生きる力になってくれました。

父の手紙を初めて読んだのは、私が嫁ぐことになった日の3日前でした。母が「これはお前が持っているほうが、お父ちゃんが喜ぶと思うから」と言って、箱いっぱいに入った手紙を渡してくれました。封書とはがきで100通以上。びっしりと文字が書き込まれていました。父を身近に感じ、「福美」と書かれたところを探しながら読み進めました。

「福美も非常に大きくなって、よく笑ふとか、皆んなの人気者で可愛がられて居る由。また写真も撮ったそうですね。はっきりと覚へぬ福美の顔写真が出来て、戦地に届くのを楽しみに待って居ります。この間もニコ〳〵笑ふ福美にゆり起こされて、ハッと目がさめた

空には、月が凄く冴へ体にはしっとりと露が降りていました。目に見えぬ血肉の糸に感慨なものがありました」（原文のまま）

どの手紙にも福美の文字がありました。手紙から父の声が聞こえ、ぬくもりが伝わってきました。

叔父たちからは「お前の父ちゃんはな、わしらの自慢の兄やったんや。何でもできて、誰に対してもやさしく、年寄りから若い人にまで慕われる人やった」と聞かされ、自分の中で父親像を作り上げてきました。

父の手紙は嫁入りだんすに入れて、私と一緒に嫁ぎました。その後、苦しい時や悲しい時、父の手紙を読み返してきました。父はいつもそばに居て、私を守ってくれていると信じています。

＊

農家に生まれた父は母と結婚した後、召集されて満州（現・中国東北部）に行きました。私が生まれた時は満州から休暇をとって帰ってきたそうです。

数年前、年金の手続きで取り寄せた住民票を見た際、出生届の欄が昭和15年の「3月11日　父　良雄」となっているのに気づきました。11日は私が生まれた3月3日から数えて

8日目です。

その時、母の言葉を思い出しました。「お父ちゃんはお前が生まれて7日目に帰ってきて、お前を抱いてくれたんだよ」

そうなのです。父は私を抱いてくれた次の日、「福美」という名前をつけて役場に届けてくれたのです。母の話では、家には3日間しかいられなかったそうです。わずか3日間の帰還で父親としての役割を果たし、再び戦地に出向いたのだと、60年余りたって初めて知りました。

父が戦地で死と直面しながら書いた魂のこもった言の葉は、父と私の絆《きずな》です。

それでも、生きて帰って私を肩車してほしかった。そして、戦いのために散った父の人生を想うのです。

毛糸のマフラー

北風が吹く季節になると、思い出すものがあります。それは父からもらった毛糸のマフラーです。

小学2年生の頃でした。私の父が戦死した後、父の弟である叔父と母が再婚したのです。戦後、無事に戦地から帰ってきた叔父は、母と私が住んでいた祖父母の家に同居していました。それで私は幼い時から「おっちゃん」と呼んでいたので、すぐには、この人が父親だと思えませんでした。

叔父は「お父ちゃんと呼ばなくていいよ」と言ってくれました。私への接し方も以前と変わらず、いつも優しくしてくれました。

＊

ある冬の日曜日。私は朝から自宅の縁側に座り、牛の世話をする叔父を見ていました。

叔父は若いのに髪が薄くなっていました。それで、私は学校で男の子が歌っていた歌を思い出し、髪の薄い人をはやす歌を歌いました。笑ってこっちを向いてくれないかなと思い、何度も歌ったのです。

すると、叔父は仕事の手を止めて私に近づき、何も言わずに私の頬をたたいたのです。これまで叔父にしかられたことがなかった私は「おっちゃんがたたいた」と言って泣き出しました。でも、母も祖父母も取り合ってくれません。叔父は、そのまま自転車でどこかへ出かけて行きました。

私は布団に潜り込んで泣き続けました。そのうち眠ってしまったようです。目が覚めて叔父を捜したのですが、見当たりません。

叔父はもう帰ってこないのではと心配になり、「どうしよう。あんなに優しいおっちゃんを怒らせてしまった」と後悔しました。「ごめんなさい、帰ってきて」と祈るような気持ちで縁側に座り、叔父を待ちました。「どう謝ったらええんやろ」。そう考え続けた末、ある言葉が浮かびました。「お父ちゃんと呼ぼう」。でも、言えるかどうか分かりませんでした。

薄暗くなった頃、叔父は自転車で帰ってきました。そして、縁側にいた私に茶色い紙袋を黙って渡し、家の中に入っていきました。

紙袋に手を突っ込んでみると、柔らかくて温かいものが入っていました。それは黄色い毛糸のマフラーでした。縁に水色のラインが入ったかわいいマフラーです。私はマフラーを持って家に入り、叔父のそばに行きました。「お父ちゃん、ごめんなさい」。自然に言葉が出ました。

＊

父は私をたたいた後、どんな気持ちでマフラーを買ったのでしょうか。私の頬の痛みより、父の方が何倍もつらかったはずです。

あれ以来、私は本心から「お父ちゃん」と呼べるようになりました。また、人が傷つくことを言わないようにしようと決めました。

4年前、父は亡くなりました。「私のお父ちゃんになってくれて、本当にありがとう」。マフラーを買ってくれた父の優しい心が、今も私の心を温めてくれています。

嫁育て

保育園の時の教え子の町子さんが訪ねてきました。卒園して約45年になるのに、うれしいことがあると、ときどき報告に来てくれるのです。

町子さんはサラリーマン家庭で2人姉妹の長女として育ちました。結婚相手は田畑が1町3反あり、牛30頭を飼う酪農家の長男でした。祖父母に父母、さらに次男が同居していて合計7人の大家族。「娘が苦労する」と反対した両親を押し切って結婚しました。

＊

私が嫁いだ春木家では、次の日から家事を任されました。家事など一切したことがない私は毎日、料理の本を見ながら悪戦苦闘でした。ご飯がぐちゃぐちゃのいなりずし、一度にたくさん作ったために餅のようになった即席ラーメンなど。料理に3時間もかかり、とっくにお昼が過ぎてしまったこともありました。

それでも頑張れたのは家族のおかげです。私の料理が完成するまで待ってくれているんです。遅いともまずいとも言わず、我慢して食べてくれました。私がいつかおいしいものを作れると信じてね。

結婚して2年ぐらいたった頃、夫のお母さんが話してくれました。「お父さんがね、『今日は、どんな料理作ってくれるか楽しみや』と言うとったで。もちろん私もよ」と。うれしかったな。もっとおいしいの作ろうと思ったもの。

外で働く主人と弟さんのお弁当も作りました。喜んで食べてくれるから、面倒くさい、しんどいなんて思ったことないんです。

農業も祖父母と父母について田んぼに行き、見よう見まねで手伝いました。役立つどころか邪魔だったのに、ついていくだけで喜んでくれました。すべてについて「何もできなくて当たり前」からスタートしてくれたんです。

*

数年前、家族のために一生懸命働き続けてきたおじいさんが亡くなりました。その1ヵ月前、弱った体で正座し、「嫁はんよ。世話になったな。ありがとう。わし明日死ぬよってもう食事はいらん」と私に言うと、次の日から寝込み、食事をとらなくなりました。

亡くなる3日前、「歩きたい」と言い出したので、子から孫、ひ孫まで、私の子どもたち3人も手伝い、みんなで体を支え、足を持って立たせてあげました。そして、おじいさんは2歩だけ歩きました。それから3日後、穏やかに眠るように息を引き取りました。

＊

町子さんは言います。「嫁育ては子育てと同じなんですね。信じて忍耐強く待ってくれたおかげで、私は春木家の嫁として頑張ることができたんです」

もちろん、つらいことや苦しいこともあったはずです。「私が頑張り通せたのは、自分で選んだこの家で幸せになることが、私の結婚を許してくれた両親への恩返し、親孝行だと思ったからです」

町子さんの子育ては次回で紹介したいと思います。

町子さんの子育て

町子さんの子育てを紹介します。

＊

私の子育ては家族だけでなく、大勢の人に助けてもらいました。親類が泊まりがけできたり、家族の友達が訪ねてきたりするので、人の出入りの多い家でした。長女が生まれた時、春木家は男の子ばかりだったので、余計にかわいがってくれました。

長女は好奇心旺盛で、ぞうきん用のバケツの水を掃除機で吸って壊したこともありました。

２歳違いで生まれた次女が、おむつがぬれて泣いていたら、私を呼びに来てくれます。そして２階の部屋まで行っておむつとおむつカバーを持ってきてくれました。長女には次女や長男の子育てをずいぶん助けてもらいましたね。

＊

長女が小学2年の頃。先生から「親子のふれあいをして下さい」という宿題が出ました。他の子は親と旅行したり、一緒に遊んだりしたそうです。でも、私は田んぼに連れて行き、どろんこになって働いている姿を見せました。

また、「お父ちゃんが毎日、会社で頑張ってるから、本や服を買えるんやで」と話しました。それから長女は父の肩たたきを喜んでやるようになったものです。

これも親子のふれあいかなと思います。わざわざ旅行に行かなくてもいいんですよね。

小学校6年の時には、卒業式で電子オルガンを弾く役の募集があり、長女も申し込みました。

弾く役を一人ずつテストして選ぶと聞いた長女は「私なんかどうせだめやわ」と言いました。その時、私は「一生懸命練習して不合格やったら仕方ない。何も努力せんと、やる前にだめなんて言うたらあかん」ときつくしかりました。その後、長女は毎晩、練習を続け、卒業式で弾くことができました。

「お母さんは普段、優しいけど、怒ったらこわい」。よく3人の子どもたちが話していたそうです。

子どもたちは牛のえさやりもよく手伝いました。牛乳を飲む時、「牛さんにもらったお乳やな」と言いながら飲んでいました。

＊

近所の人の中には「大家族の世話をして、３人の子どもを育てて、あんたも苦労するなあ」と声をかけてくれる人もいました。でも、私は「なんでやの。こんなに幸せなのに」と言い返したいくらいでした。

子どもたちが小さい頃、子育てが私の主な仕事でした。畑仕事は子どもたちが保育所や学校に通うようになってから手伝いました。「子育てはお母さんが一番だからね」という両親や祖父母の計らいでした。

現在、子どもたちは社会人になりましたが、これからも私の子育ては続きます。いくつになっても親は親ですから。

愛の伝承

今回は町子さんの子どもたちのことを紹介します。

＊

長女は大阪の児童養護施設で働いています。昨年の夏休みに小学1年から5年までの子どもたち5人を連れて、1泊だけでしたが、帰省しました。

子どもたちは夏休み中、里親の所にも親類の所にも行けなかったため、家族のぬくもりを味わわせてやりたいと考えたのです。

この施設には虐待を受けていた子、身寄りがいない子、親の事情で預けられた子らがいるとのことです。

＊

長女は高校を卒業後、県内の大学の文学部に入りました。でも、非行少年を更生させる仕事に就きたいとの夢が捨てきれず、猛勉強して1年後に福祉関係の大学に入り直しました。その大学の実習で児童養護施設に行ったのですが、そこは自分が育った環境とは全く違う所で、あまり愛されることもなく育った子どもたちと出会ってショックを受けたといいます。

泣きながら私に「あの子たちを助けられる仕事をしたい」と話しました。

私は「あなたみたいにすぐに子どもの気持ちに入り込んで、心がぐしゃぐしゃになっていてはできない仕事よ。子どもをケアする人がまいってしまってはダメよ」と答えたのを覚えています。

*

春木家では、親類や友人が泊まっていくのは当たり前のことでした。だから長女は誰に気兼ねすることもなく、子どもたちを連れてきました。

施設の子どもたちはとても素直でした。田んぼに行ったり、牛の世話をしたり、墓参りをしたりして過ごしました。祖父母も、孫やひ孫のように接してくれました。池でカメを飼っている近所の人は、子どもたちに見せてやろうと誘いに来てくれました。

施設に帰っても、子どもたちは「淡路のお父ちゃん、お母ちゃんって呼んでもいい？

みんな元気にしてるかな？」と言ってくれているそうです。

次女は障害者のための福祉施設で働いています。長男は中学校の時からの夢だった服飾関係の仕事に就きました。それぞれ３人とも、自分たちで目標を見つけて頑張っています。

＊

町子さんの長女は、家族や周りの人から見守られ、無償の愛をもらって育ちました。大人になってからは、自分が受け取ったあふれ出るほどの愛を施設の子どもたちに与えています。子育てとは無償の愛を次の世代に伝承することでもあるのですね。

町子さんの話からは、親や子の思いがいっぱい伝わってきました。幸せは、自分で築き上げるものだと改めて思います。

駄菓子屋

私の友人の芳子さんから久しぶりに電話をもらいました。

「私、駄菓子屋さんを始めようかと思っているの。主人が経営する鉄工所の隅にでも開こうかなって」。理由を聞くと、芳子さんの祖母が以前、駄菓子屋をしていたとのことでした。

＊

祖母は60歳ごろ、母屋と田んぼ一枚はさんだ離れで、駄菓子屋を始めました。その少し前、祖母は白内障になったのですが、「手術はいやや」と言い張ったため、だんだん目が見えなくなりました。農作業ができなくなった後も「働き続けたい」と思い、子どもが好きだったので、駄菓子屋を思いついたようです。

祖母はユーモアがあったので、店からはいつも子どもたちの笑い声が聞こえてきました。

ある時、祖母の目が見えないことを知った子が、商品をごまかそうとしました。祖母は「こらこら。左手で持っているお菓子は置いときさ。ほしいんやったら、また明日お金を持って買いにおいで」と言って、子どもを諭しました。

そして、こう続けたのです。「おばあちゃんはな。この目は見えんけど、心の目は見えとるんやで」。ごまかそうとした子が、また店に来られるよう、明るく言葉をかけました。お金を持っていない子には「お前はいつも親の手伝いをしとるいうから、おばあちゃんのおまけや」と言って、小さいお菓子をあげることもあったそうです。

祖母は心の目で子どもたちのことをよく見ていました。学校でいやなことがあったり、元気がなかったりした子の相談にものっていました。

＊

祖母は80歳ごろまで駄菓子屋を続けました。その後、家族の説得に応じて手術を受け、再び目が見えるようになりました。昔、駄菓子屋に来ていた若者たちが自宅に訪ねてくると「大きなって、うれしいのお」と喜んでいました。

目が見えるようになってからは花を見るのが好きで、花の名所や植物園などによく出かけました。一時的に病気で入院したことがあったものの、94歳まで長生きしました。

「私もおばあちゃんのように生きたいと思ってな」。芳子さんは言います。「子どもたちの息抜きの場を作ってやりたいと思っているのよ」

*

芳子さんは祖母と同じような年齢になって、祖母の生き方を素晴らしいと思うようになったのです。

私たちの子どもの頃は、地域の人たちから、いろいろ声をかけられたものでした。その中でも駄菓子屋のおばさんとの会話が楽しかったのを覚えています。地域の人たちとの触れあいが減っている今の子どもたちにこそ、駄菓子屋さんのような場所が必要ではないかと思います。

介　護

私が嫁いで45年間、ずっと一緒に生きてきた夫の母親は、私にとっても母と呼べる人です。

母は若い頃から働き者でした。ほがらかで、家族や近所の人たちをユーモアたっぷりの話で楽しませてくれました。私が保育士として頑張れたのも、子育てを助けてくれた母がいたからです。牛乳パックの箱を洗って保育の教材用にためておいてくれるなど、仕事のこともよく理解して支えてくれました。

＊

その母が80歳ごろ、アルツハイマー病になりました。優しかった母が急に怒り出すようになり、はいせつも含めて24時間介護が必要になりました。あのしっかりしていた母がどうしてと、最初は戸惑いばかりでした。

私は「母のお世話をしなければ」「母が私にしてくれたことを思えば、お世話をして当たり前」と自分にいつも言い聞かせながら、自宅で介護を続けました。

3年ほどたった頃。私はストレスからか首の痛みや微熱が続き、疲れた暗い顔をしていたのでしょうね。私の変化に気づいた友達2人が訪ねてきました。

そして、こう言ってくれたのです。「体を壊してまで尽くしても娘にはなれへん。嫁は嫁なんよ」「頑張りすぎたらアカン。しんどい時は私らに愚痴いわな。ええ嫁せんでええから」

私は「いい嫁でいなければ」との思いで介護を続けてきたことを初めて2人に話しました。話が終わる頃、私は気負っていた肩の力がすっと抜けたような気がしました。

＊

それから約5年後のことです。母が畳の上で転び、足を骨折して入院したため、私は毎日、病院に通いました。その頃になると、母は私のことを自分の母親のように慕ってくれるようになっていました。私が病院に行かない日、母は「お母ちゃんを捜しに行く」と言って車いすに乗せてもらい、病院の廊下を行ったり来たりしたと、後で看護師さんから聞きました。

「嫁は娘になれんかったけど、母親になれたんだ」とその時、思いました。母の肩を抱いてやると「お母ちゃんが抱いてくれた」と涙をいっぱい流して喜んでくれました。

＊

今年3月、母は意識障害を起こして入院しました。「おばあちゃん、元気になって、お弁当もって花見に行こうね」。母の頭をなでながら話しかけ続けたところ、約1週間で意識は戻りました。今は「お母ちゃん来てるで。わかる?」と言うと、うなずいてくれます。母は現在、92歳です。「嫁育ていっぱいしてもらって、ありがとう」。家族や友達に支えられ、施設にも助けられながら、苦しい時を乗り越えて母の介護を続けてこられた今だからこそ、そう思えてくるのです。

チャンのまま

姑は自分の子どもの頃のことを、嫁の私に何度も話してくれました。

農家の末っ子に生まれた姑は家族から「こまつチャン」と呼ばれ、大事に育てられたそうです。その後、名前の部分が省略されて「チャン」と呼ばれてきたといいます。

当時、農家であっても白米は貴重だったので、姑の家でも麦が大半のご飯を食べていました。ところが、お母さんは釜の底に白米を敷いて炊き、麦と混ぜる前の白米を「チャンのまま（ご飯）やで」と言って、姑にだけ食べさせてくれたというのです。

学校へは、おばあちゃんが毎日ついていき、勉強している間、廊下や校庭で待っていてくれたそうです。

＊

「チャンのまま」の話をするときの姑はいつも満面の笑顔で、声まで弾んでくるのです。

姑は13歳の時、お母さんを亡くし、14歳の時、和菓子屋さんに5年間の奉公に出ました。その時の苦労話もよく話していました。

当時、子どもだった和菓子屋さんの娘さんが、姑を姉か母のように慕って下さっているのを見ると、姑の奉公ぶりが想像できます。

姑は20歳で嫁ぎました。そして数年後、幼い子どもを残して夫が出征しました。戦争が終わって夫が帰国するまでの間、子育てをしながら、豆腐を作って行商に歩き、農業も続けました。姑だけでなく、この時代の女性のほとんどが、こうした苦労を経験されたことと思います。

*

私が嫁いだ頃の姑は「私はね、若い頃に苦労が多かったから、年を重ねるほどに幸せになるの」とよく言っていました。

働くことは苦にならず、「息子の休みの日は、ゆっくりさせたいから、田んぼの仕事も済ませとくんや」「天気いいから、布団ほしといたよ」と、自分からすすんで体を動かしていました。

そして「家族の喜ぶ顔が見たいから、働くことは楽しいんやで」と笑っていました。

近所や地域の集まりなどにもよく出かけ、人手が足りない時には喜んでお世話をしていました。人と接するのが好きで、私の友人が家に来た時も自分の友人のように歓迎してくれました。

＊

姑は昨年8月、92歳で天国へ旅立ちました。

誰よりも愛され、大切にされた子どもの頃の原体験が、姑のやさしい心を育ててきたと思います。

幼児期に愛された経験は自己愛を育てます。そして自己愛は自己肯定につながり、他人を信頼し愛する心もはぐくんでいきます。

「チャンのまま」は、姑にとっての誇りだったのでしょうね。その誇りがあったからこそ、数多くの苦労を乗り越えることができ、家族はもとより、たくさんの人たちに愛を贈り続けることができたと思うのです。

泣かんといて

母の実家の伯母が先日、亡くなり、お葬式に行ってきました。私が小さい頃、母に連れられて実家に行くと、「よしみちゃん、よう来たね」と言って、伯母はいつも笑顔で迎えてくれました。子ども心に自分が歓迎されていることが分かり、母の実家に行くのが一番の楽しみでした。

海の近くで育った伯母は海の話をよくしてくれました。「海を見たい」というと、バスに乗って伯母の実家まで連れて行ってくれたのでした。

笑顔の遺影を見ていると、60年前の幼い日の記憶がよみがえりました。「伯母さん、ありがとう」と繰り返すうちに涙があふれてきました。

＊

お葬式は実家の広間でありました。最後のお別れの時、親族は声を上げて泣き出し、眠っているように見える伯母のひつぎの中に花をそれぞれ入れました。伯母のひ孫にあたる5人の幼い子どもたちはひつぎの中に顔を近づけ、泣きながら「おばあちゃーん」と代わるがわる呼びかけます。子どもたちは、おばあちゃんに遊んでもらった日のことを思い出し、もう一度、目を開けてほしいと願っているようでした。

＊

その光景を見て、私は15年前に私の母が亡くなった時のことを思い出しました。

私の娘が声を上げて泣いていると、5歳だった孫が泣きながら、「お母ちゃん、泣いたらあかん。泣いたらいやや。おばあちゃん、また同じ顔で生まれてくるんや。ほやから泣かんといて」と言いました。

孫は、母親が今までに見せたことがない様子で悲しむ姿を見て、慰めの言葉を5歳なりに考えたのでしょう。

私は「おばあちゃんはな、また生まれてきいへんし、帰ってもけえへんのよ」と言って聞かせました。でも孫は「生まれてくるのに」と言って泣きじゃくっていました。

その後、私は娘と話し合い、火葬場に孫も連れて行きました。そこで煙突から上る一筋の煙を見た孫は、私に言いました。「おばあちゃんは煙になって、空へのぼっていったん?」

「そうやで、もうおばあちゃんには会われへんのよ。せやけど、おばあちゃんは空からケンちゃんのこと見てくれてるんよ」

しばらく煙を見つめていた孫は、祖母の死をしっかりと受け止めたようでした。

＊

核家族化が進む中、子どもたちが身近な人の死に立ち会う機会も減っています。小さい子どもであっても、祖父や祖母の死を間近に見ることは、とても大事なことのように思います。

これまでに見せたことのない様子で悲しむ家族や親類の姿を見ることで、子どもたちは人の命の重さを感じとるのではないでしょうか。

戦争に行った親父

70歳になる知人の男性が、30年前に63歳で亡くなられたお父さんのことを話してくれました。

＊

親父は私が3歳の時、中国の満州へ兵隊に行ったんや。昭和15年、アジサイの花が咲いていた頃、胸にたすきをかけて、大勢の人に見送られてな。私は何も分からんまま、手を振って見送った。その日のうちに帰ってくると思ってたんや。

その日、母は薄暗い部屋の隅で、顔をくしゃくしゃにして泣いとった。あの顔は今でも忘れへん。

祖母が私を抱いて外に連れ出したので、私は「父ちゃん、帰ってくるよな」と聞いたんや。祖母は「うん、うん」と何度もうなずいてたな。

昭和20年の夏。戦争が終わり、友達の父ちゃんたちが次々に帰ってきた。でも、私の親父はどこにいるのかも分からへんやった。それで、祖母は毎朝、近くの神社へお参りしとった。時々、私も連れて行かれたんよ。「父ちゃんが無事に生きて帰るよう、神さんにお願いしとんのやで。お前も手を合わせておがみ」と言われたもんや。

母は「かめに入ってでもええ。生きて帰ってほしい」と何度も言っていた。私はその時、母の言葉がよう分からんかった。いま考えると「手足がなくてもいいから生きていてほしい」と思ってたんやな。

*

昭和22年。出征から7年がたち、私が10歳になった頃、親父は元気な姿で帰ってきた。でも、目の前に立っている親父に、どうしても近づけなかった。何だか恥ずかしかったんや。父親が帰ってきた友達が、あれほどうらやましかったのに。

親父も、ただ黙って立っているだけだったな。もともと寡黙で、おとなしい性格だったので、息子にどう対応すればいいのか戸惑っていたんだと思う。

それからというもの、私は親父に対して変な遠慮が生まれ、正面からぶつかっていけなかったな。親父も私を大声でしかることがなかった。母から「父ちゃんが怒ってたよ」と間接的に親父の怒りを聞くことが多かったな。

＊

その状態は大人になっても続いていった。戦後の約30年間、親父と生活する中で、けんかをすることもなく、腹を割って話をすることもなかったな。

それでも、私が自転車に乗れるよう暗くなるまで手助けしてくれたこと、結婚式の時に「良かったのう」と言ってくれたこと、３人の孫をかわいがってくれたことなど、親父の優しい思いは私の心にしっかり届いている。

戦争について、親父は何もしゃべろうとしなかったな。悲惨な状況をくぐり抜け、生き抜いてきた親父の思いを息子として聞いてやれなかった。聞かなかった方が親孝行だったのかもしれへんけどな。でも、やっぱり心が痛いよ。

誇れる島

南あわじ市の阿万海岸で今年6月、約40年ぶりにアカウミガメの産卵が確認されました。8月下旬には、赤ちゃんガメが数匹孵化したといいます。

ウミガメと聞いて、16年前、徳島県日和佐町（現・美波町）で開かれた絵本の学校のことを思い出しました。日和佐に移り住んだ絵本作家たちが呼びかけ、全国から絵本に興味のある人たちが集まって3日間、交流したのです。

夜には浜に出て、ウミガメが産卵する様子を見せてもらいました。町の人たちはごみ拾いをすすんでやり、海岸のそばを通る車はヘッドライトを消してゆっくり走るという気遣いようでした。そしてウミガメが来る町を誇りに思い、作家たちもそんな町が気に入って住んでいました。

私は5歳の孫を連れて参加しました。ウミガメも蛍の乱舞も一緒に見ました。作家の一人が作った歌も一緒に歌いました。「日和佐の町はとってもすごいんだ。山もあるし、川もあるし、海もあるんだぞ。日和佐の海はとってもすごいんだ。貝もおるし、カメも来るし、魚も泳ぎよる」

*

日和佐から帰る途中、車の中で孫が言いました。「おばあちゃん、淡路にも山も川もあるよね。海もいっぱいあるよね。日和佐に負けてへんよな」

私は「5歳の子どもが、こんなこと考えてたんだ。ふるさとを愛する心を持ってたんだ」とうれしくなりました。そして「一つだけ負けているのが、ウミガメが来てへんことよね」と言いました。すると、孫はとても悲しそうな顔をしたのでした。

*

その後、日和佐に住む作家にそのことを話したところ、その作家は「淡路の浜にウミガメが来ていないか探そう」と言って、9月に訪ねてきてくれました。それで、私たちは島北部の室津の浜に行きました。砂がサラサラと細かくて、とても美しい浜です。

作家が「ひょっとしたら、この浜には来ているかもしれない」と言うと、孫は海の家の後片づけをしていた女性に「ウミガメ、ここに来るの」と尋ねました。すると、女性は「見たことあるって聞いたよ」と言ったのです。

それを聞いた孫は「先生、ほら、淡路にもウミガメ来るいうたやん」と言って、作家の足をトントンたたいて喜びました。それから孫は作家と手をつなぎ、うれしそうに浜を走り回ったのでした。

*

その後、淡路島ではウミガメの上陸が何度か確認されています。洲本市由良町の成ヶ島は産卵地として知られるようになりました。

日和佐ではウミガメを守るために人々が力を合わせることで、人と人とのつながりが深まり、絵本作家たちもうらやむほど、人々の心があったかくなっていきました。淡路島でも、ウミガメが来る島にしようと人々が力を合わせていけば、子どもたちにとっても誇れる島になっていくのではないでしょうか。

子育ての知恵

「少し足らんものがあったから、子育てができた気がするの」。自宅のローンを抱えながら、男女３人の子どもを育てた娘が私に言いました。

娘夫婦は結婚後すぐに住宅ローンを借りて自宅を新築しました。共働きだったので楽に返済できると思ったからです。ところが夫が転勤で単身赴任したため、娘は「子育てが一番大事」と仕事をやめました。

＊

家計が苦しくなってからというもの、娘はおもちゃをほとんど買いませんでした。それで、子どもたちは家にある段ボールや新聞紙、広告のちらし、紙箱、空き瓶などをおもちゃにして遊びました。

段ボールの箱は小さな家になり、広告のチラシは丸めて道路や門になりました。牛乳パックは車に早変わりです。そんな遊びに興味を持ったのか、近所の子どもたちがいつも遊びに来ていました。

子どもたちは、自分で工夫して作ったおもちゃは大事にします。壊れると修理もします。イメージがいっぱい広がるので、遊びもどんどん広がっていきます。

娘はおやつも工夫して作りました。パンの耳やサツマイモを揚げたり、小麦粉を練ってホットケーキにしたり。子どもたちは手作りのおやつを喜び、「おばちゃん、おいしい」と言ってくれたそうです。

＊

服もあまり買えませんでした。それで友達から、小さくなって着られなくなった服をもらっていました。

友達はきれいにアイロンをかけて届けてくれました。子どもたちは見覚えのある服を着ては「この服、着たらシンちゃんのように早く走れるかな」「ゆう子ちゃんの着てた服や」と喜んでいました。友達のお母さんたちは「すぐに大きくなるから何回も着てないの。もったいないから着てくれたらうれしい」と言ってくれました。

＊

娘の家では、お金の使い道について、話し合いで優先順位を決めていました。

ある時、少年野球チームに入っていた長男が、「バッティング練習用のネットがほしい」と言いました。買えば5万円もするので、家族会議を開き、自分たちで作ることにしました。網だけ買い、家にあった木材で枠を作ったのです。最初、不満げだった長男は「わりと、ええのができたやん。みんなありがとう」と言って使っていました。

娘は言います。「何でも十分にあると、工夫したり考えたりしなくなるのよね。足りないものがあると、家族が知恵を出し合って力を合わせるようになるんよ」

＊

子育ての環境は家庭によって違います。働いている人も工夫すれば、短時間で子どもに愛情をかけられます。子どもにとって何が大事かを考え、知恵を出すことで、子育てはずっと楽しくなると思います。

コスモス

今年も我が家のコスモスが花を咲かせてくれました。庭先のコスモスは落ちた種から芽を出すのに任せてあるので、毎年、少しずつ場所が移動します。

今年の夏の暑さは格別だったため、葉が茶色くなり、今にも枯れそうになりました。風で倒れたコスモスもありましたが、そこからまた太陽に向かって茎を伸ばし、花を咲かせました。

けっして自己主張せず、かぼそい体でしなやかに、優しさを秘めて咲くコスモスを見ると、いとしくなります。何があろうとあわてず、あるがままに生きることを教えてくれているような気がして、いつも母を思い出させてくれます。

＊

私の母はいつも「お前には何もしてやられへんのに、よう頑張ってるな」と言っていました。

母は大家族7人の農家に嫁ぎました。野良仕事に家事にと、朝から晩まで働きました。父の出征、そして戦死。ますます母の肩に重荷がずっしりとのしかかりました。どんなに大変だったか。今だから想像がつきます。

母は叔父と再婚しました。優しい叔父だったので、私はすんなり受け入れたのですが、母はずっと私に気を使っていたように思います。

でも、古いノートに線を引いて私が字を書きやすいようにしてくれたり、帯をほどいてオーバーを作ってくれたり。足が冷たくならないよう毛糸の靴下も編んでくれました。

母から愚痴や他人の悪口を聞いたことがありませんでした。ただ一度、ぜんそくになった母が縄をなっていたら、じいちゃんに「縄を売っても薬を買うのに使ってしまうんやろ」と言われたと泣いていたのを覚えています。

＊

家の田んぼは山あいの棚田だったため、上の田と下の田の間の「岸」と呼ばれる斜面が多かったのですが、そこの草はほとんど母が刈っていました。器用でシャッシャッと素早く刈るのです。「うちの田んぼの岸が一番きれいやろ」と母が唯一、自慢していました。

私も学校に通いながら、母が刈った岸が輝いて見えたような気がしました。

母は12年前、77歳で亡くなりました。家族のため子どものために働いて働いて、病気とも闘いながら生き抜いた母に、私は今も支えられながら生きています。母が幸せだったのは、我が子の笑顔を見る時だったのかなと思うことにしています。

*

教師をしている友人が電話でこんなことを言ってきました。「私って母親らしいことしてやれたのかな、と思って」

私はすかさず言えました。「あなた、お母さんとして十分やっているわよ。教師として頑張り、家では親の面倒をみて、家族の食事を作って一生懸命、生きているじゃない。子どもたちはあなたの背中をしっかり見て育っているわよ」

コスモスさんありがとう。お母さんありがとう。そう言えた一日でした。

風船

置き薬の行商をしている坂田さんが半年ぶりに訪ねてきました。坂田さんは年に2回ぐらい、薬の補充や古くなった薬の交換にやって来ます。

坂田さんとは薬や健康の話から世間話まで、いろいろ雑談します。そして坂田さんはいつもこんなことを言います。「お客様に信頼してもらえないと、この仕事は成り立たないんですよ。私たちは先輩方が築いてきた信頼を後輩たちにつないでいるんです」

＊

私が子どもの頃、薬の行商の人は、黒い大きな袋を背負って回ってきていました。何重にも重ねた箱を玄関の上がり口に並べ、器用に薬の袋を数える指先を面白がって見ていると、「はい、お嬢ちゃん」と言って紙風船をくれました。それは薬の会社名が入った四角い紙風船でした。

そんなことを思い出した私は、坂田さんに「子どもには今も紙風船をあげるんですか」と聞きました。坂田さんは「今はゴム風船なんですよ」と言って、こんな話をしてくれました。

＊

ある家に行くと、70歳代のおばあちゃんが、5歳と8歳ぐらいのお孫さんと出てきました。それで、子どもたちにゴム風船を渡していたら、おばあちゃんが「私にも赤い風船と、緑の風船を下さい」と言ったのです。

ゴム風船を受け取ると、おばあちゃんは赤い方を膨らまし、キュッキュッと細工しました。そして、風船でリンゴを作ったのです。風船の先端を指で内側に押し込んでくびれを作り、空気の吹き入れ口と一緒に結びました。緑の方は膨らませず、赤い風船に葉っぱのように結びつけたのです。

お孫さんたちは大喜びでした。「おばあちゃん、すごい」。あっという間にリンゴを2個作りました。私が「作り方、教えて下さい」と頼むと、おばあちゃんは子どもに教えるように丁寧に教えてくれました。

私は自宅に帰って作ってみました。でも、なかなかリンゴになりません。何度も挑戦してやっと完成した時には「やったあ」と、子ども心に戻ったように喜びました。

それから私は、子どもがいる家では、風船でリンゴを作ってあげるようになりました。私が行くと、子どもたちは「薬屋のおっちゃん」と言わずに、「リンゴのおっちゃん来たー」と言って、出迎えてくれるようになりました。

＊

坂田さんは言います。「心と心を通わせて、仕事をさせてもらっています。人というのは、心をあげたりもらったりしながら生きているんですから」。そして付け加えました。「核家族の子に比べて、祖父母と同居している子には人なつっこい子が多いですね。『こんにちは』『バイバイ』って言ってくれると元気がでます」

私は坂田さんの話を聞いて、「仕事であっても、心と心の交流が人間関係の原点なんだな」と改めて思いました。

お手伝い

友人の前川さんの家を訪ねると、近所に住む4歳と2歳のお孫さんが遊びにきていました。

姉のあかねちゃんは、タマネギを入れるケースを運んでいました。「おばあちゃん、ここでええの」

前川さんが「ありがとよ、助かるわ」と言うと、あかねちゃんは「よいしょ、よいしょ」と言いながら、また運んできます。

それを見ていた妹のまおちゃんは、ケースを引きずりながら「よいちょ、よいちょ」と姉のマネをして運んでいます。

「おお、まおちゃんも。ありがとな」。前川さんに頭をなでられたまおちゃんは、にっこりします。

幼児期のお手伝いは、ほとんど遊びのようなものですが、子どもたちにとっては大人に喜んでもらえるので、とてもうれしいのです。

あかねちゃんとまおちゃんは、自宅でも皿洗いのお手伝いをしたがるので、流しの前に台を置いているそうです。

＊

私も小学校3年ぐらいから毎年、田植えを手伝っていました。

我が家では「田植え定規」と呼ばれる木の枠を使って田植えをします。祖母と母、叔母、そして私が横一列に並び、後ろに進みながら苗を植えていきます。母と叔母は両端に立ち、定規を手前にひっくり返しながら植えます。私は母と祖母の間に入り、手が届く範囲の4ヵ所を受け持ちます。

「よしみが入ってくれるから、横に歩かなくてすむわ」と祖母が言うと、叔母が「よしみちゃん、器用やな。植えるの早いね」と言ってほめてくれます。母も「よしみが手伝ってくれるから、昼までに終わりそうや」と言ってくれます。

田植えをしながら、私が学校で習った歌を歌うと、叔母から「よしみちゃんの歌を聞いたら元気が出るよ」と言ってもらったこともありました。

私は、自分が家族の役に立っていることがうれしくて、楽しくてたまらなかったのだと思います。家族が喜ぶ顔を見て、子ども心にも幸せを感じていたのでしょう。

＊

前川さんのお孫さんのように、強制されたのではなく、楽しみながらするお手伝いは、子どもたちの発達を促します。

誰かに喜んでもらった体験や、自分の行為が周囲の人の役に立っているという自覚を積み重ねることで、子どもたちは社会の中で生きる意味を見つけていくのではないでしょうか。

あかねちゃんの誇らしいすてきな笑顔がまた思い出されました。

戦死

毎年夏が来ると、思い出すことがあります。

それは私が3歳の時のことでした。朝、目が覚めると、家のどこを捜しても母がいません。「お母ちゃーん」と大きな声で呼んでも返事がありません。仏壇にお茶を供えていた祖母が理由を話してくれました。「お母ちゃんな、おじいちゃんと一緒に静岡というところに、お父ちゃんを迎えに行ったんやから、かしこうしとってな」

祖母と2晩寝た後、母は白い布に包んだ箱のようなものを首にかけて帰ってきました。母は「お父ちゃんだよ」と言って私の手を取り、箱の上に置かせました。

当時の私は何のことか分かりませんでした。私は玄関の部屋に飾ってある写真を父と思っていたからです。写真の父はどこから見ても私の方を向き、にっこり笑って優しく見ていてくれました。だから、父が戦争に行って不在でも、あまり寂しいとは思いませんでした。

次の日、村中の大人や学生さんたちが私の家に集まってきました。お坊さんが、母が持ち帰ってきた木の箱と父の写真に向かい、長い間、お経をあげていました。

事情が分からない私は、母がお土産に買ってきてくれた人形を持ってはしゃいでいました。祖父が「今日は走り回ったらあかん」と私をしかりましたが、人がたくさん集まっているのがうれしかったのでしょう、家族の悲しみに気づくこともなくはしゃいでいたのです。

*

その日のことは30年たってから、当時、中学生で村葬に参列したという人から聞きました。「真っ青の空に急に黒い雲が出てきて、パラパラと大粒の雨が降ってきたんよ。そして、小さな竜巻のようにヒューと風が吹いて、家の中に入っていったんよ。子ども心に戦死した人の魂が帰ってきたんやと思ったわ」

あの日、母の胸にあった木の箱の中身は、出征する前に切ってあった髪の毛とつめ、戦地の土だったと、ずっと後になって聞きました。だから、父の遺骨は日本から遠い遠い南の島、ガダルカナルに今も残されたままです。

*

祖母は84歳で亡くなるまで、毎朝毎晩、仏壇の前に座り、お経を読んでいました。いつも拝む声がだんだん大きくなり、あわせていた手が震えてきます。「おまえも一緒に横で拝み」と言われ、私は分からないままにお経を唱えました。

今なら祖母の気持ちが分かります。手塩にかけて育てた2人の息子を戦争で死なせてつらかったろう、あきらめがつかない思いで苦しかったろうと。毎年夏になると、背中を丸めて仏壇の前に座っていた祖母の姿がよみがえります。

祭り寿司

知人の女性の木本さんが、出張で神戸市に行くことになりました。仕事が早く終われば、姫路市の実家に寄りたいと思い、実家の母に電話をかけました。

「出張の帰りに寄るから、祭り寿司つくっといてね」。お母さんがよく作ってくれた祭り寿司が食べたくなり、気軽に頼みました。

でも、お母さんはあっさりと、こう答えたそうです。「魚も買いに行かなあかんし、お母さん、もう寿司ようつくらん」

＊

私の母は今年で83歳になります。父と一緒に鮮魚店を営みながら、私たちを育てました。父が27年前に亡くなってからも、60歳になるまで鮮魚店を続けました。

姫路市では毎年11月中旬、播磨国総社で「霜月祭」というお祭りがあります。その時期になると、家庭ではコノシロという魚で押し寿司を作ります。

私の実家でも毎年、母がコノシロを手際よく三枚におろして昆布酢に漬け，寿司飯をくるむようにして作ってくれました。それを四つぐらいに切り分け、家族そろって食べるのが何よりの楽しみでした。

私が嫁いだ後も、里帰りすると、必ず作ってくれました。里帰りできない時は、宅配便で送ってくれることもありました。

*

「もう寿司つくるのやめた」という母の言葉を聞き、私は「いつまでも元気でいてくれるのが当たり前」と思い込んでいた自分に気づかされたのでした。

それで私は「祭り寿司はどうでもいい。とにかく母に会いたい」と改めて思い、実家に向かいました。

母は笑顔で迎えてくれながら、こう言いました。「ごめんよ。いいコノシロが手に入らへんでなあ。せっかく来てくれたのにな」

私は「ええんよ。寿司はどっちでもええの。お母さんに会いたかっただけ」と答えました。

案じていた割には母が元気そうだったので、私は少しほっとして帰ってきたのでした。

それから1ヵ月後。母から祭り寿司が宅配便で届きました。そして電話もありました。「お寿司食べられへんで、がっかりしてたお前を思い出してな。またつくったんよ。食べてな」。母の声は何だか若返っていたようでした。

＊

木本さんは言います。

「人は誰かにあてにされることで、生き続けられる力がわいてくるのでしょうか。83歳になる母だけど、まだまだ甘えてみようと思っています」

絵本からのエール

＊もっと読んで、もっと読んで！

頑張りすぎないで

子育てに疲れているお母さん、教室に向かうのが怖いという教師――。私は子どもたちを抱きしめる前に、この人たちを抱きしめたくなります。

「お母さん、子育て頑張っているのよね。ご苦労さま。ありがとう」。講演ではいつもそう声をかけます。それだけの言葉なのに、目を潤ませるお母さんが多いのです。

ある小学校での講演の後。悩みのあるお母さんたちに職員室に残ってもらったら、一人のお母さんがハンカチで涙をふきながら入ってきて、こう言いました。「私、子育て頑張ってきたけど、先生が初めてです。ご苦労さま、ありがとうなんて言ってもらったのは」

お母さんは子育てして当たり前かもしれないけど、一生懸命になればなるほど、しんどいものなのです。そのしんどさに共感してもらい、認めてもらうことで、気持ちが楽になるのです。そしてしんどさを乗り越えた先に喜びや感動が待っています。

頑張りすぎているお母さんや教師、保育士さんに読んでほしい絵本を2冊見つけました。

＊

1冊目は『おかあさん、げんきですか。』（後藤竜二作、武田美穂絵、ポプラ社）です。

小学4年のぼくが母の日に先生から言われ、お母さんに手紙を書きます。

「いいたいことの1」では、ぼくはもう赤ちゃんではないから何度も「わかった？」と言わないでと書きます。「2」では、ぼくの部屋を勝手に掃除して大事なものを捨てないでと書きます。「おまけ」では「ぼくにわあわあいって、カッカッカッとハイヒールをならして風のように会社にいく」お母さんに、「あんまりがんばらないでください」と書きます。

子どもの素直な思いや気持ちが伝わってくる内容で、胸が熱くなります。

＊

もう1冊は『ゆうくんだいすき』（朝川照雄作、長谷川知子絵、岩崎書店）です。

赤ちゃんの頃はずっと一緒にいたお母さんが、仕事に行くようになります。ゆうくんは保育園でお昼寝の時、お母さんのことを思い出します。家ではおじいちゃんやおばあちゃん、お父さんに遊んでもらって、お母さんを待ちます。朝から我慢し続けてきたゆうくんは、やっと帰ってきたお母さんを見て思い切り泣きます。ゆうくんを抱きしめたお母さんは言います。「あさから　いっぱい　いっぱい　がまんしてたんだね。ごめんね」「ゆうくん、だいすき……」

作者の朝川さんによると、実話だそうです。

＊

親も子もたくさんの人に助けてもらいながら、力強く育っていきます。この2冊の絵本は働くお母さんと子どもたちへの応援歌のように思います。

川守りだぬき

洲本市宇山の市立洲本第一小学校で先日、道徳教育の実践研修会があり、1年、3年、6年の授業が公開されました。1年の授業は、洲本市に伝わる民話をもとにした拙著『洲本八だぬきものがたり』(アリス館)が教材になっていました。私は八だぬきの親になった気持ちで、島内から集まった教師たちと一緒に授業を見学しました。

＊

その日は「川守りだぬきの川太郎」の話を取り上げていました。

川の土手の松に住んでいるタヌキの家族。じいちゃん、ばあちゃん、とうちゃん、かあちゃん、そして3匹の子ダヌキ。名前は、みんな川太郎といいます。2匹の兄と違い、ちび川太郎は、まだ化けるのがへたなため、家族は心配です。だけど、人間の子どもに化けたちび川太郎は佐兵衛じいさんと文ばあちゃんに出会い、大根の種まきを手伝いました。

たいそう喜ばれて「ありがとよ」と言ってもらったちび川太郎はうれしくなり、しっぽで音頭をとりながら帰りました。

大雨の前日。川太郎家族は町を守ろうと、朝までかかって千草川の土手に石を積み上げました。おかげで土手は切れることなく、田も畑も豊作になり、町の人たちは川太郎たちにとても感謝したという話です。

*

担任の先生は各場面の絵や登場人物の絵を黒板に張りながら、話の世界に子どもたちを導いていきました。場面ごとに話を区切り、「ちび川太郎って、どんなタヌキ」と質問します。ほとんどの子が手を挙げ、元気よく答えました。

場面ごとに登場人物の気持ちも聞きます。「ちび川太郎に手伝ってもらった佐兵衛じいさんの気持ちは」「喜んでもらえたちび川太郎の気持ちは」。人物の内面を想像して答えさせるのです。

「川太郎家族は力を合わせて誰のために頑張ったのかな」との質問に、ある子は「佐兵衛じいさんのため。大根、流されるから」。別の子は「町のため」。さらに別の子は「町のみんなのため」と答えました。この子はきっと想像の中で、川太郎家族と一緒に石を運んだのでしょうね。「みんな」の中に自分の家族のことも思い浮かべたのかもしれません。先生は子どもたちの心の動きをしっかり受け止め、よりよい方向に導いていていました。

＊

子どもたちは登場人物の気持ちを想像する経験を通じて、相手の立場を思いやる子に育っていきます。家族の中の自分、集団の中の自分はと、登場人物に自分を重ねながら、他者との関係の中で自分の振るまい方を身につけるのです。

この物語に込めたメッセージを子どもたちと先生が受け止めてくれていると思うと、胸が熱くなり、涙がこぼれそうになりました。

授業の最後に子どもたちは、ちび川太郎に手紙を書いていました。きっと返事がくるはずです。

絵本の力

私の人生を変え、命まで救ってくれた絵本があります。それはこのエッセーの題（新聞連載時）にもなった『SOMEDAY　いつかはきっと』（シャーロット・ゾロトフ作、ほるぷ出版）と『ねずみくんのチョッキ』（なかえよしを作、ポプラ社）です。

50歳の時、病気になり、手術をしました。まだ回復しきっていない頃、健康な時なら気にならずに聞き流せたと思うある人の言葉に私の心は深く傷つき、心身共にボロボロになりました。医師の忠告もあり、一生の仕事だと思って情熱を燃やしていた保育士を辞めざるを得ませんでした。心棒をポキンと折られた状態になり、生きる気力も失いました。

そんな頃、神戸市在住の絵本研究家、高山智津子先生が、この2冊の絵本を紹介して下さったのです。

＊

『ねずみくんのチョッキ』は、お母さんが編んでくれたチョッキをアヒルさんに貸してあげるのですが、とてもすてきなので次々に貸していくうち、最後はゾウさんにまで貸して、チョッキはひものように伸びきってしまい、ねずみくんはがっかりするという話です。

そこで終わりかなと思ったら、最後に小さな絵が描かれていました。伸びたチョッキをゾウさんの鼻にぶら下げて、ブランコをしているねずみくんの絵です。

それを見たとき、私にも伸びたチョッキがあると思ったのです。子どもたちと一緒に過ごした32年間というチョッキです。

*

『いつかはきっと』は夢見る少女エレンの話です。「いつかはね」と言って、今はうまくできないけれど、バレエやピアノが上手になった時のことを想像します。「いつかはきっと」の言葉には希望がいっぱい詰まっているのです。

保育士時代、子どもたちに絵本やお話の本をたくさん読み語ってきました。その絵本から、大人の私が生きる力と希望を与えてもらったのです。

*

絵本の素晴らしさを教えてもらい、第二の人生をスタートさせて下さった高山先生が06

年6月、お亡くなりになりました。その悲しみから立ち直れたのも『わすれられないおくりもの』（スーザン・バーレイ作、評論社）という絵本でした。アナグマのおじいさんが亡くなり、森の動物たちが悲しみます。動物たちはアナグマさんに教えてもらった話を語り合ううち、忘れられない贈り物を残してくれたことに気づくという話です。

アナグマさんが高山先生と重なり、絵本の中から先生の声が聞こえてきます。「泣いてないで。あなたがすることはあるはずよ」

絵本の力は無限大です。絵本は言葉と絵で生きることの素晴らしさを教えてくれます。これからも絵本の魅力を伝えていきたいと思っています。

お父さんが泣いた

「どうしても聞いてもらいたくて」。数年前、知り合いの川田さんから電話がありました。川田さんは「ぼく親父になれたんです」と言いました。

私が「以前から2人の子どものお父さんでしょ」と言うと、「本物の親父になれたんです」と言い直しました。

＊

川田さん夫婦には、小学5年の長男と小学2年の長女みきちゃんの2人の子どもがいます。

電話の数日前、奥さんが風邪で寝込んだため、川田さんが子どもたちと夕食を食べた後、後片づけをしていた時のことです。川田さんは、近所のおばさんが車いすを買うため、リングプル（ジュースやお茶の空き缶のふた）を集めている話を子どもたちにしました。

そうすると、みきちゃんは「みきちゃんも集めたるね。そのおばさんも、足の悪い人も喜ぶから」と言って、ゴミ箱を開けてリングプルを探し始めました。

川田さんは「みきちゃんは優しい子やったんや。お父さん、うれしいわ」と言って、しゃがみ込み、みきちゃんと目を合わせました。そうしたら、急にみきちゃんがいとしく思えて涙が出てきました。

「お父さん泣いたん初めて見た」。みきちゃんはそう言って、今までに見せたことがないようなうれしそうな顔をしたそうです。

「僕はその時、娘と心が響き合えたと思ったのです」と川田さんは話します。「今まではテレビを見たらあかん、勉強せえ、行儀が悪いと頭の上から怒鳴るだけの父親でした。やっと娘の心に声を届かせることができたんです」

みきちゃんもよっぽどうれしかったらしく、母親に「お父さん、みきが優しい言うて泣いたんよ」と何度も話したそうです。その後、みきちゃんは家族の言うことをよく聞き、家の手伝いもよくするようになったとのことです。

＊

これからお父さんになる人だけでなく、すでにお父さんになった人にも読んでもらいたい本があります。その本は『おとうさんがおとうさんになった日』（長野ヒデ子作、童心社）です。

3人目の子どもを自宅出産する家族の話です。母親の出産を待っている兄と妹が父親に聞きます。「おかあさんは、あかちゃんがうまれておかあさんになったの？」。父親が「そうだよ」と答えると、今度は「じゃあ、おとうさんは、いつおとうさんになったの？」と聞きます。父親は子どもたちが生まれた日のことを思い出し、いろいろ答えます。

＊

父親と母親では、家族へのかかわり方が違います。でも、子どもたちへのいとしい気持ちから出発することに変わりはありません。本気で子どもを守り、支え、かかわっていく中で、父親は本当の父親になっていくのだと思います。

絵本ライブ

絵本作家あきやまただしさんの「絵本ライブ」が、南あわじ市で開かれました。あきやまさんはＮＨＫ「おかあさんといっしょ」に登場するキャラクター「パンツぱんくろう」や絵本の「へんしん」シリーズなどで人気があります。

「この本だいすきの会淡路支部」の主催です。島内や四国などから、０歳から10歳ぐらいまでの子どもたち約１５０人とその保護者が集まりました。

＊

絵本ライブで、あきやまさんは「どの本読もうかな」と子どもたちに尋ねます。子どもたちは伸び上がって「へんしん」「へんしん」と口々に答えます。

あきやまさんは用意してきた本の中から、リクエストの多い本を取り出し、読み始めます。目を大きく開けたり、口をゆがめたり。顔の表情はもとより、全身を使って登場人物になりきって語ります。

『へんしんマラソン』という絵本では、カエルくんが「げこげこ」と叫びながら必死に走ると、次のページでは燃えすぎて「こげこげ」に焼けちゃいます。言葉を繰り返すうち、言葉がひっくり返って変身するのです。言葉を繰り返す時、子どもたちにも言わせました。一緒に参加することで、会場が一つになっていきます。

＊

『パンツぱんくろう』の絵本を読む時、あきやまさんはズボンの上から白い大きなパンツをはきました。それだけで子どもたちから歓声が上がります。絵本を読んだ後は、水色のマントに赤いマスクを着けて「トイレマン」に変身し、ギターを持ってパンツぱんくろうの歌を歌いました。

♪パンツのゴムはパッテン　パッテン　強いぞ

子どもたちはパッテンのところで合唱します。

その後、あきやまさんが尋ねます。「トイレマンやりたい人?」。「はーい」。3歳ぐらいの男の子がすかさず手を挙げました。

あきやまさんは着けていたマントやマスク、パンツを男の子に渡して着けさせます。

「お名前は?」「トイレマン」。男の子はトイレマンになりきって歌を歌い、お母さんたちは手拍子で応援しました。

あきやまさんは次から次に絵本を読んでいきます。もっと読んで、もっと歌ってと、子どもも大人も時間がたつのを忘れました。

＊

ライブの後、参加者から感想文を募りました。教師や保育士さんからは「自分が楽しんで絵本を読まないとダメなんだと思った」。保護者からは「絵本は大人も楽しめることが分かった」「子どもにもっと読んでやりたい」。高校生からは「教師や保育士になって子どもに読んでやりたい」との感想が寄せられました。

ライブが終わり、さわやかな笑顔の親子を見送りながら、淡路支部のみんなも大満足でした。

母の日

母の日になると、いつも思い出すお母さんがいます。保育士時代に担任した5歳児のよっちゃんのお母さんです。

よっちゃんが保育園から帰る時、お母さんはいつも門から保育室の前まで小走りで駆けてきます。きっと田んぼへ行ってたのでしょう。泥のついた長靴にエプロン姿です。「よっちゃん、ごめんよ。おそくなって」。そう言って、よっちゃんの頭をなでてニッコリ笑います。

よっちゃんが「お母ちゃん。門まで競争や」と言うと、お母さんも「よっしゃ。負けへんで」と応じます。

バタバタと長靴の音を立てて走るお母さん。よっちゃんも力いっぱい走ります。でも、お母さんの方が早く着きました。すかさずお母さんは両手を広げて「ストップ。右見て、左見て、右見て」。そして2人で手をつなぎ、歌を歌いながら帰っていきました。

＊

母の日によっちゃんが絵を描きました。お母さんがチョキをした右手を自分の頭に当てている絵です。私が「何してるところ?」と聞くと、よっちゃんは「お母ちゃん、ビームしてるねん」。その頃、ビームジャンケンというのがはやっていました。

よっちゃんは私をしゃがませ、耳元で小さな声で話してくれます。

「あんな、お弁当のご飯な、きれいに食べて帰ったら、お母ちゃん、抱っこしてくれんねんで」

そして、こぼれそうな笑顔を浮かべます。

＊

よっちゃんが小学1年になったばかりの初夏の頃、道でばったり会いました。弟が生まれたので、小学3年の兄と一緒に自転車で、お母さんがいる病院まで行く途中でした。小さい足で自転車を懸命にこいで、約10キロの道のりを会いに行ったそうです。

私は保育士時代、たくさんのすてきなお母さんに出会いました。その中でも、長靴にエプロン姿のよっちゃんのお母さんがとても輝いて見えました。

＊

母の日にちなんで読んでもらいたい絵本があります。『おかあさんがおかあさんになった日』（長野ヒデ子作、童心社）です。

初めて赤ちゃんを産んだ日のこと。お母さんは入院中の病院を散歩しながら、出産を待っています。「あかちゃん、げんきに　うまれてほしいなあ」「はやく　でてらっしゃい、あかちゃん」。期待と不安の中で陣痛が始まります。

＊

この本を読み聞かせると、子どもたちは「ぼくも、こうやって生まれたの？」と必ず聞きます。自分が望まれ愛されて生まれたことを知ることで、子どもたちは心が安定します。

お母さんは、子どもが生まれたからお母さんになれたことを思い出し、子どもがますますいとしくなります。

読み語り

今回は小学校や保育所で読み語り活動をしている人たちから聞いた話を紹介します。

知人の木本さんは数年前まで、親子のつながりや家族の温かみを描いた絵本をできるだけ読まないようにしていたと言います。淡路でも離婚した家庭の子が多くなったと聞き、片親の家庭の子どもたちの心を傷つけてしまうのでは、と心配したからです。

＊

そんな中、保育所に通う娘さんのみえちゃんの友達が自宅に遊びに来ました。友達のゆかちゃんは両親が離婚したため、母親に引き取られていました。母親が働いているので、一人で家にいることが多く、時々、遊びに来るのです。

木本さんはゆかちゃんに我が子と同じように接しました。昼食の時、おにぎりを一緒に握り、卵焼きやみそ汁も作って一緒に食べました。

ゆかちゃんは「おばちゃん、おいしいわ」と何度も言いました。そして、お皿の片づけをしながら「私、大きなったら、みえちゃんのお母さんみたいなお母さんになりたいねん」と話したそうです。

その時、木本さんはこう思いました。「自分が今いる現実とは違う世界があるということを、子どもたちに知ってもらうことも大事なんだ」。それ以来、家族のことを描いた絵本も避けることなく、読むようになったといいます。

＊

先日、私は神戸市で開かれた絵本の研究会に出席しました。そこで、山形県の図書館司書をしている上野さんという女性から、こんな話を聞きました。

上野さんが絵本『おっぱい』（宮西達也作、鈴木出版）を子どもたちに読んだ時のことです。絵本にはぞうさんやぶたさんのおっぱいと赤ちゃんが登場します。最後に、ぼくの大好きなお母さんのおっぱいが出てきます。

子どもたちは「おっぱい」という言葉に反応し、大喜びで絵本に見入っていました。でも、3歳ぐらいの女の子を見ると、涙をひとすじ流しているのです。同僚が耳元で「あの子、お母さんがいないの」と教えてくれました。

上野さんは、女の子に悲しい思いをさせてしまったと思いながら絵本を閉じ、改めて表紙の絵を子どもたちに見せました。すると、女の子は立ち上がり、絵本のおっぱいをそっとなでて、にこっとしたのです。

この時、上野さんは「絵本を通じて少しだけだけど、お母さんの優しさや温かさを感じたのかな」と思ったといいます。

＊

悲しい思いをしている子どもたちにこそ、さりげなく温かい作品に出会わせてやりたいと思います。また、悲しい体験のない子には、悲しい作品に出会わせてやることで、優しい心や思いやりの心が育っていくのではないでしょうか。

読み語りは、人として育つための心の栄養剤だと思うのです。

ゆっくりでええんやからな

数年前、京都であった絵本の研究会で、塾の講師をしている倉本さんという男性が、自分自身の体験を報告しました。

倉本さんには中学3年になる克也君がいます。克也君が小学1年の時、奥さんを亡くしたため、男手ひとつで育ててきました。

絵本に興味を持ち、塾の子どもたちに絵本を読んでいた倉本さんは、克也君にも毎日、絵本を読んでやりました。寝る前に最低1冊は読んだそうです。克也君は倉本さんの帰宅が遅くなっても寝ないで待っていたといいます。

高学年になると、克也君は絵本を自分で探してきては、倉本さんに読んでもらうようになりました。もう自分で読めるはずなのに、父親に読んでもらいたかったのでしょう。中学生になると、さすがに読んでほしいと言ってくることはなくなりました。

ところが、中学3年の夏ごろのことです。克也君は高校受験を控えてかイライラしたり、落ち込んだりするようになりました。期末試験が近づいた頃、夕食時に「勉強に身が入らへん。眠られへんねん」と言ったそうです。

夕食後、部屋をのぞくと、克也君は机に突っ伏して泣いていました。思春期に入ったせいなのか、学校で何かあったのかは分かりません。でも、その時、倉本さんは絵本を読んでやろうと思いました。小学生の時、よく読んでほしいとせがまれた絵本を持って部屋に入っていきました。

「父さんな、久しぶりに絵本を読みたくなったんや。聞いてくれるか」と言うと、克也君はきょとんとした顔で見ていたそうです。小学3年だった頃の克也君を思い出しながら、倉本さんは心を込めて読みました。

＊

克也君に読んだのは『モチモチの木』（斎藤隆介作、滝平二郎絵、岩崎書店）という絵本です。峠の小屋に、じさまと2人で暮らす豆太は夜中に一人でおしっこに行けません。大きなモチモチの木がオバケに見えるからです。でも冬の夜。腹痛に苦しむじさまを助けるため、「豆太はふもとの村まで一人で峠道を走っていきます。「イシャサマオ、ヨバナクッチャ！」

＊

読み終えると、克也君は声を上げて泣きだしました。倉本さんは「頑張ってたんやな、お前は。ゆっくりで、ええんやからな」と言って、久しぶりに我が子を抱きしめました。

翌朝、克也君は「お父さん、夕べはよう眠れてすっきりした」と笑顔で話しかけてきたそうです。

＊

克也君は絵本を毎晩読んでくれた父親の愛情を思い起こし、物事に立ち向かう力を再びつかみました。

子どもたちは生きていくうえで、たくさんの峠を越えていきます。心が大きく揺れながら成長する思春期も、大きな峠の一つです。今回は父親の読み語りが、克也君の峠越えを支えたようですね。

ごめんなさい

学校や保育所で読み語りのボランティアをしている徳島県に住む高田さんという方と出会いました。高田さんは読み語りを通して、子どもたちと心の交流ができた喜びや感動を話してくれました。

＊

最近、こんなことがあったそうです。高田さんは小学校2年の教室に読み語りに行きました。教室に入ると、「子どもたちは「高田さんが来たー」と言って拍手で迎えてくれました。

高田さんが何度も行くうち、子どもたちは楽しみに待ってくれるようになりました。そして、子どもたちはだんだんと絵本に集中できるようになり、絵本の話を聞くことが上手になってきたそうです。

＊

高田さんはいつものように絵本を5冊ほど読みました。最後に紙芝居を見せようと準備していると、一番前に座っていた男の子が「はよせんかい。ぼけ」と言ったのです。高田さんは以前から乱暴な言葉遣いをする子だなと、気になっていたのですが、これは許せないと思いました。それで「山田君、今なんて言ったの。謝ってよ」と強く言いました。すると、山田君は一瞬、固まったようになりました。

高田さんは「言葉が過ぎるのよ。相手がいやな思いをするような言葉は言ってはいけないの」と諭すように続けました。

高田さんが怒ったのに驚いた担任の先生は「謝りなさい」と山田君に言いました。でも、山田君はうつむいたままで、言葉が出てきません。

高田さんは「今すぐ言わなくてもいいから、山田君ができることで、ごめんなさいの気持ちを伝えて」と言いました。そうしたら山田君は、高田さんが使った机の上を片づけ始めました。そして、高田さんが持ってきた袋に、読み終えた絵本を入れたのでした。

それを見た高田さんは「相手がいやな気持ちになるような言葉は、これからは言わないでね」とやさしく言いました。

＊

1ヵ月後の読み語りの時、山田君は教室の隅っこにおとなしく座っていました。その次の時も隅っこにいました。高田さんは無理に声をかけず、目が合った時に笑顔を送りました。次の次の時、山田君が近づいてきました。そして、こう言ったのです。「ごめんなさい。ぼく絵本読んでもらうの大好き。だから、ずーっと来てね」

高田さんは思わず山田君を抱きしめました。山田君は3ヵ月かかって、心の底からごめんなさいが言えたのです。

＊

高田さんは言います。「ごめんなさいの安売りはしてほしくないんです。読書の楽しさ、言葉の大切さを子どもたちに伝えたくて出かけているのだから」

心の解放

絵本の読み語りや研究に取り組んでいる「この本だいすきの会」淡路支部が、洲本市内で絵本作家、長谷川義史さんを招いた講演会「絵本で楽しくなりたいな」を開きました。長谷川さんは絵を描いたり絵本を読んだりして、絵本の魅力をたっぷり語ってくれました。長谷川さんの世界に引き込まれた子どもや大人からは笑いがあふれ、私も心がほっこりして、改めて絵本の持つ偉大な力に感動しました。

＊

その3日後、私は徳島県内の小学校で講演することになっていたので、長谷川さんの作品『いいから　いいから』（絵本館）を持参しました。

絵本の内容はこうです。

ある日の夕方、雷が鳴ったと思うと、ぼくの家に雷の親子が座っていた。「いいから

いいから」が口癖のおじいちゃんと孫のぼくが、雷の親子にご飯を出し、お風呂にも入れてあげる……。

学校の集会室に入ると、読み語りボランティアの人たちも集まっていました。

私が「『いいから　いいから』を読みまーす」と言って絵本を見せると、一人の男の子が「ぼく知ってる。その本好きや。早く読んで」と声を上げました。

私は絵本の題名をゆっくりと読み上げ、子どもたちの顔を見回しました。子どもたちは息をのみ、絵本を聞く態勢に入っていました。

おじいちゃんが遠慮がちな雷の親子に「いいから、いいから」と言うたびに、子どもたちはくすくす笑います。おじいちゃんが雷の親子の背中を流してあげようと、自分からパンツを脱ぎ始めた場面では、低学年の子どもたちが笑い転げました。

そのうち子どもたちは、おじいちゃんのセリフに合わせて「いいから、いいから」と口をそろえて言うようになりました。最後の方では、子どもたちの声が大合唱に変わりました。

その日、会場にいたみんなの心が「いいから、いいから」の言葉によって解放されたようでした。

＊

最近、イライラしている子どもが多いように見受けられます。イライラしたり、もやもやしたりしている気持ちを言葉や行動で表現できる子どもはいいのですが、自分の心の中に押し込めて、我慢している子どもがいるのが心配です。

大人の方も忙しさのあまり、子どもの話をじっくり聞いてやったり、感情を受け止めてやったりするより、「もっと勉強しなさい」「早く寝ないとダメよ」「どうして、そんなことするの」と頭ごなしに言ってしまいがちです。たぶん、大人もイライラが募っているからでしょう。

そんな時、親子で絵本を読んで「いいから、いいから」と合唱すれば、イライラ虫も退散するかもしれません。心がしんどい時のおまじないの言葉は「いいから、いいから」にしようかな。

ひらがなにっき

5歳児のはるき君は、保育士さんに「先生、『お』という字、教えて」と言ってきました。「何か書きたいことがあるの」と聞くと、お母さんの誕生日に「おめでとう」と書いて渡したいと言うのです。

はるき君は「おめでとう」の字を何度も練習した後、ピンクの色紙いっぱいに赤いクレヨンで「おめでとう」と書きました。

そして、「お母さん、喜ぶかな、笑うかな」と言いながら、色紙を手に部屋の中を走り回りました。

翌日、保育園の散歩の途中で、子どもたちは数珠玉の実を見つけました。保育士さんがネックレスを作ろうと提案すると、子どもたちはたくさん実を採って帰りました。そして、糸と針の使い方を教わりながら、一つずつ実をつないでいきました。

はるき君もネックレスを作り、お母さんの誕生日に色紙と一緒にプレゼントしました。

＊

保育士さんからはるき君の話を聞いた後、絵本作家の長野ヒデ子さんから『ひらがなにっき』（文・若一の絵本制作実行委員会、絵・長野ヒデ子、解放出版社）が届きました。

絵本の帯には「わたし　じぃ　みたら　どきどき　しますねん」と書かれてあります。私は「どういうことかな」と思いながら、急いで絵本を開きました。

絵本の主人公は、大阪府富田林市にある識字学級に通っている83歳の吉田一子さんです。2歳で母親を亡くし、身寄りがいなくなったため、学校には行けませんでした。識字学級で文字を学んだのは60歳を超えてからです。覚えたてのひらがなで書いた日記が絵本になっているのです。

〈11がつ6にち（どようび）

きょうおでんをたきました。いちばでだいこんこんにゃくごぼてんすじをかいました。かいてあるねだんがわからないのでせんえんはらっておつりをもらいました。〉

〈3月17日（木よう日）

きょうでんしゃにのりました。えきでらくがきをみました。びっくりしてはらたってな

みだがでました。〉

7歳ぐらいから子守をしていたことや、銀行で自分の名前を漢字で書けずに悔しかったこと、病院で初めて自分の名前を漢字で書けたときのことなどもつづられています。

＊

絵本からは習いたての文字を使えた喜びが伝わってきます。私は文字が書けて読めるのが当たり前のこととして、今日まで生きてきました。この絵本を読んで、改めて文字が書けることに感謝し、文字を大事に使いたいと思いました。

あとがき

私が中学生のころ〝じいのみ学園〟という映画を見て、保育士さんが、子ども達に愛情込めてかかわる姿と子ども達の笑顔に感動しました。その時、どうしても保育士になりたいと思ったのです。

内気な私は、小学校に入学しても、友達にも先生にも自分の気持ちを伝えられない子どもでした。意地悪されても、「いや」がいえずいつも一人すみっこにいました。

「先生こっち向いてよ、私にも声かけてよ」

「今日はお母さんが縫った服きてきたのに、気づいてよ」

私はいつも心の中で叫んでいました。

だから大人になったら、私のような子の気持ちに気づいてあげられる保育士さんになるのだと、心に決めていました。

念願が叶い、保育士になれました。

32年間の保育士時代に沢山の子ども達と出会いました。技術とかはないけれど、一人ひとり精いっぱい向きあったつもりです。手間がかかった子程、強く印象に残っています。愛情を持って、本気でかかわれば、どんな困ったちゃんも応えてくれました。理解のないお母さんも本気でかかわれば心を開いて下さいました。

「人間っていいいな」と何度思ったことでしょう。人はお互いの心をあたため合うことができるのだから。そんな数え切れない体験が私の心の中に宝石のように輝いています。

病気になり、50歳で保育士の仕事を退いてからも、子どもにかかわりたくて、読み語りを広める活動組織「この本だいすきの会」（代表・小松崎進）に入会しました。淡路支部もつくり、読み語りを通して、保育園、小中学校、高校へと出向き、子ども達に出会っても う20年になります。その間も子ども達との心あたたまる体験をさせていただきました。

ところが、近年子ども達の悲しい事件や若者のやり切れない事件が後を絶ちません。

心が突つかれるように痛みます。

ずーと、ずっと昔から、どんな大変な時も人は支え合い、心をあたため合って生きてきたのに。誰も心の中にもあったかいものを持って生まれてきたはずなのにくやしいのです。

20年前、私が初めて出版した拙著『泣き虫保母さんと島の子ども達』のあとがきに、こんな一節を記しました。

「お父さん、お母さん、学校の先生、地域の人達、子どもにかかわるすべての人達が手をつないで、子ども達のこと真剣に考えていったとき、幸せな子ども達がいっぱい、いっぱいになっていくのではと大きな夢がふくらんでくるのです。たんぽぽのわたげのように広く、遠くまで」と。

3年後に出版した2冊目『女、五十柔らかな旅立ち』のあとがきにも、同じ一節があります。朝日新聞淡路支局から連載を依頼された時、私の心の中の宝石（体験）を書くことで「人間って、いいな」「みんなで手をつないでかけがえのない子ども達を守らなければ」と、一人でも二人でも気づいてくれると信じて引き受けたのです。連載中はファクスや電話で「忘れていた大事なことに気づかされた」「心がほっこりする」などと、読者の方々からの沢山のうれしいお言葉に励まされ、3年間連載を続けることができました。

その上、この連載をずっと読んで下さっていた、絵本作家の長野ヒデ子さんのご紹介で、石風社から出版していただけることになりました。本になることで、また、たんぽぽのわたげのように広く遠くまで、私の思いが届きますようにと願いを込めたいと思います。

石風社、福元満治様本当にお世話になりました。そして、朝日新聞記者の前部様、絵本作家の長野ヒデ子様、岩崎京子様、宮川ひろ様、この本だいすきの会代表、小松崎進様、絵本研究家の（故）高山智津子様、元アリス館編集長後路好章様、釧路の川原様、新潟の風間様、浜松の桜井様、励まして下さりありがとうございました。

ここに書ききれないたくさんの人達に、支えていただいて出版できました。心より、感謝申し上げます。

＊本書は、朝日新聞（淡路版）に連載された「いつかきっと　親の思い・子の思い」（二〇〇六年六月〜二〇〇九年三月）をもとに編集したものです。

木戸内福美（きどうち・よしみ）

1940 年兵庫県淡路島生まれ。この本だいすきの会会員。日本児童文学者協会会員。淡路保育問題研究会代表。著書に『泣き虫保母さんと島の子ども達』『女・50 柔らかな旅立ち』『心をつなぐごっこ遊び劇遊び』（以上清風堂出版）『愛の会創作童話集』（共著）『洲本八だぬきものがたり』（絵・長野ヒデ子／アリス館）などがある。現在、淡路島洲本市に在住。

笑顔のあなたにあいたくて
元・保育士の願い

二〇〇九年十一月三十日　初版第一刷発行

著　者　木戸内福美
発行者　福元満治
発行所　石　風　社
福岡市中央区渡辺通二―三―二四
電　話０９２（７１４）４８３８
ＦＡＸ０９２（７２５）３４４０
印刷　正光印刷株式会社
製本　篠原製本株式会社

＊価格は税込（5パーセント）価格です。

中村　哲

医者、用水路を拓《ひら》く

＊09年地方出版文化賞（功労賞）受賞

養老孟司氏ほか絶讃　「百の診療所より一本の用水路を」。数百年に一度といわれる大旱魃《かんばつ》と戦乱に見舞われたアフガニスタン農村の復興のため、全長二一・五キロに及ぶ灌漑《かんがい》用水路を建設する一日本人医師の苦闘と実践の記録

【3刷】1890円

石牟礼道子全詩集

はにかみの国

＊芸術選奨文部科学大臣賞

石牟礼作品の底流に響く神話的世界が、詩という蒸留器で清冽に結露する。一九五〇年代作品から近作までの三十数篇を収録。石牟礼道子第一詩集にして全詩集

【2刷】2625円

かやのたかゆき&ひかる

それゆけ小学生！　ボクたちの世界一周

＊09年地方出版文化賞（奨励賞）受賞

小学五年と三年の兄弟。サッカーと空手、そしてマンガとゲームが大好き。パパとママをひきつれ、一年間の世界一周バックパック旅行に出発！　中南米～アフリカ～中東～東南アジアまで、文化も歴史も違う世界の国々をめぐった痛快旅行記！

1890円

重松博昭

われら雑草家族

火事にも、台風にも、世間にも負けず、大地に生きる雑草家族！大学を中退して徒手空拳で始めた農と平飼いの養鶏。家族五人の悪戦苦闘の日々は、格差社会もなんのその。日々の暮らしを軽快に綴った農業＋養鶏日記

1680円

文 おおうらすみよ／絵 みついただし

ぼくがすて犬になった日

きょうはたっちゃんのたんじょうび。「おとうさん、ぼく子犬がほしい」。ペットショップにいくとおもっていた、たっちゃんは……。一年に三十万匹以上すてられるペットたちの心を知る絵本

1470円

彌勒祐徳

木喰《もくじき》さん

木喰上人生誕二九〇年記念出版　飢饉がつづいた江戸時代、全国を旅しながら、願いをこめて、まあるく、ほほ笑んだ仏像をほりつづけた木喰上人を描く、はじめての絵本（小学校高学年から）。木喰の旅の足跡を知る地図、年表つき！

1470円

なんでバイバイするとやか？

文 ごとうひろし／絵 なすまさひこ

養護学校に通う中学二年のてつお君は、いつもバイバイしながらよってくる。「なんでバイバイするとやか？」と小学三年生のきんじ君。表と裏の二つの表紙から始まる二つのストーリー

【2刷】 1365円

海のかいじゅうスヌーグル

文 ジミー・カーター／絵 エイミー・カーター／訳 飼牛万里

元アメリカ合衆国大統領が、かつて幼い愛娘に語り聞かせたお話が、愛娘エイミーさん自身の絵によって絵本になった！ 足の不自由な少年とちびっこかいじゅうの心温まるファンタジー！

1575円

少年時代

ジミー・カーター／訳 飼牛万里

米国深南部の小さな町。人種差別と大恐慌の時代、家族の愛に抱かれたピーナッツ農園の少年が、黒人小作農や大地の深い愛情に育まれつつ、その子供たちとともに逞しく成長する。全米ベストセラーとなった、元米国大統領の自伝

2625円

海の子の夢をのせて

倉掛晴美

沖をゆく白い船を見た日から、物語は始まった。神々の里・島根の海辺の小学校とフェリーの交流を描き、生きた教育のあり方を教えてくれる、実話から生まれた記録児童文学

【4刷】 1365円

とうさんかあさん

ながのひでこ

＊第一回日本の絵本賞奨励賞受賞

「とうさん、かあさん、ねえ、聞かせて。子どものころのはなし」。子どものみずみずしい好奇心がひろげる、素朴であたたかな命のつながり。ロングセラーとなった長野ワールドの原点、待望の新装復刊

【2刷】 1470円

ぼくのうちはゲル

バーサンスレン・ボロルマー／訳 長野ヒデ子

＊04年野間国際絵本原画コンクールグランプリ受賞

春夏秋冬、宿営地を求め、家畜とともに草原を旅するモンゴル・移動民のくらし。生まれたばかりの赤ん坊ジルの目を通して、心豊かに生きる人々の一年を、細密で色鮮やかな筆致で描いた珠玉の絵本

【2刷】 1575円